悪夢狩り

新装版

大沢在昌

角川文庫
21663

目次

プロローグ

その部屋は、十五畳ほどの大きさがあり、三方を厚い壁で、一方を強化ガラスによって囲まれている。

壁は表面こそ衝撃吸収素材で厚さ十センチほどおおわれているものの、内側は五十センチ以上のコンクリートで固められている。

窓は通常の防弾ガラスをさらに強化加工したもので、至近距離からの大口径ライフル弾の直撃をうけても貫通しない。

天井には、部屋のどの部分にも影を作らないよう配慮された照明が埋められ、作りだす光域の、最も明るくなる場所に一脚の椅子《いす》が固定されている。

その椅子に、ひとりの男が腰かけていた。

部屋の気密は完全に保たれている。閉回路の空気循環システムが作動している。循環システムの中に、一本の細いチューブが外部から流入し、このチューブの開閉バルブだけは室外から作動させることが可能だ。

現在このチューブのバルブは閉まっている。開かれた場合、短時間に青酸ガスが放出され、室内にいる生物を速やかに死に至らしめる。

男は全裸だった。その上、頭髪もすべてきれいに剃《そ》られている。

男の両腕と両足首は、それぞれすわっている椅子に固定され、そこから体温、脈拍、血圧をモニターする装置とつながっていた。さらに、男は知らなかったが、体表面の温度変化、発汗を検知する装置、さらに音声の抑揚による感情の変化を測定する装置も部屋にはおかれていた。

テープによる脳波測定コードの接着が、むきだしの男の頭皮にはほどこされている。

全裸であっても、彼が寒さを感じることはなかった。室温は摂氏二十五度に保たれていた。

強化ガラス壁の向こう側は、彼からは見通せなかった。彼は両眼とも一・二の視力があったが、見通すことはできないシステムになっている。

そのガラス壁の向こうには、彼の心と体の変化をモニターし記録するコンピュータユニットがぎっしりと並んでいた。そして医師とも技術者ともとれる白衣の人間たちと、軍人とも殺し屋ともとれる屈強な男たちがたたずんでいる。

男の意識は明瞭《めいりょう》だった。わずかに緊張はしているが、不安を抱いているようすはない。まっすぐにガラス壁を見つめているので、そのこちら側にいる何名かは、彼から自分が見えているかのような不安を感じていた。

モニター類は、彼が見かけ通り、健康体の人間であることを証明する数値を表示していた。

そのことと、彼が現在おかれている立場は無関係だった。

彼がしたのと同じ経験を得た人間は、この地上にはひとりも存在しなかった。

ガラス壁の向こう側に立つ人間たちは、その経験に関する情報を、最低五十年、可能なら永久に秘密にしておきたいと願っていた。が、実際にはどうなるのかは、彼らにも予測がつかないのだった。

ガラス壁のこちら側でスピーカーが音をたてた。

「気分はどうかね」

男の表情には変化はなかった。ただモニターのいくつか、脈拍と脳波に、わずかの変動が表示されたにとどまった。

「かわらない。特に悪くもないし……」

「よくもない?」

その問いは、男の口もとに皮肉げな笑みを呼んだ。

「この状況で気分がよくなれるとすれば、かなりかわった趣味の持ち主だ」

「体調はどうかね」

「いいか悪いか、ではなくて、変化は、という意味でなら、ない」

「いいか悪いか、では?」

「いいね、とても。そのガラスをぶち破って、あんたらに直接、挨拶《あいさつ》ができそうだ」

ガラス壁の向こうでは、何人かがぎょっとしたように身をひいた。

「それは遠慮しておいた方が賢明だ」

「だろうね」

皮肉げな笑みを口もとに残しながら、男はいった。目には面白がっているような表情はみじんもない。

「──前回にひきつづいて、君の活動についての質問をしたいのだが」

「いいとも」

「話をすることについて、精神的な不快感や圧迫感はないのかね」

「話をすることそのものにはない」

「と、いうと？」

「話すという行為には何も感じない。だが話の内容には、少し、ある」

「何がある？」

「──苦痛だ」

「肉体的な？」

男はほっと息を吐いた。

「ちがう。精神的な苦痛だ。心の痛み、という奴だ」

「なぜかね」

「なぜ？」

男は少し驚いたように目をみひらいた。数値がいっせいに変化した。体表面の温度があがり、図形の色がかわった。

「楽しんだ、と思うのか」

「刺激的であり、人間誰しもがもっている破壊衝動を満たす活動だったのではないかね」

「そういう面があったことは認める。しかし、別の部分では苦痛があった」

「肉体的な苦痛ではなくて？」

「肉体的な苦痛はやまほど味わった。しかし体の痛みは自然に忘れる。そうだろ？」

スピーカーは沈黙した。

男は答えが得られなくても、さほど失望したようすは示さなかった。

「まあ、それも今となっては過去だ。ただ、大切なことがひとつだけあって、むしろそれ以外はどうでもいいことだともいえる」

男の目が、ガラス壁の向こう側ではなく、どこかもっと遠くを見つめていた。

「何かね、それは」

スピーカーが訊《たず》ねた。

「それはな、俺《おれ》が会って、話して、ときには戦った連中が、本当は誰ひとりとして、自分から望んであなったのじゃないってことだ。奴らは自分に起きることを、前もって何も知らなかった。考えてみれば、起きたことよりも、知らなかったってことの方が、よほど悪夢じゃないか。
どうだい？　そうは、あんた、思わないか？」

1

六月最初の土曜日だった。警察官による事情聴取が始まったのは、それが起きてから二時間後で、もっとも短時間のうちに状況を訊ねられた者でも百三十分を経過していた。それほど現場は混乱していたのだ。

最初に事情聴取をうけたのは、二十八歳になる男性で、一一〇番通報者だった。起こったことのすべてを見ていたわけではなかったが、結局、ことの始まりと終わりは、彼しか見ていなかった。

「十時、三十分……ひょっとしたら四十分くらいだったかもしれません。店はけっこう混んでました。席はいっぱいだし、立ってる人もおおぜいいましたから」

彼の職業は、現場となった、渋谷区宇田川町のディスコ『メイプル』の店長だった。

それが始まったとき、彼はビルの地下一階にある『メイプル』の入口階段付近、クローク兼キャッシャーのカウンター外にいた。『メイプル』は、その時点で、百名から百二十名の客を収容していた。渋谷署少年係の資料によると、『メイプル』の客層は、中学、高校生を中心にした十代が大半である。

「外人ふたりと日本人ふたりの四人組でした。ぱっと見たとき、特に最初日本人ふたりが入ってきたときには、防犯の刑事さんかと思いました。あれ、今月、刈りこみ、もうやったのにって」

刑事でないことがわかったのは、四名分だといって、四万円を先頭の日本人の男がさしだしたときだった。釣りはいらない、といわれ、彼はこの男たちが女子高生でもナンパにきた金持ちだと思った。

「年齢ですか。暗かったですから……。たぶん、三十を過ぎてて、四十にいってたかどうか……」

外国人ふたりは、白人と黒人だった。白人はソフトスーツを着て、黒人は革のブレザーに革のネクタイを結んでいた。

彼の前では、どちらもひと言も口をきかなかった。日本人は、ひとりが眼鏡をかけ、ひとりがヒゲをはやしていた。

「四人ともオジンくさいタイプじゃなかったです。背も高いし、まあ、カッコいい方じゃないすかね。ただ黒人も、ブラザーぽい、とか、そういう風じゃなかった」

金を払った四人は店内に入った。そこでふた組に分かれた。

ひと組、日本人と白人のコンビがトイレに向かい、もうひと組、日本人と黒人はフロアの入口にじっと立っていた。

しばらくは、誰も彼らに注目はしなかった。

「少しして、フロアに降りていきました。ちょうどトイレから、白人と眼鏡がでてくるところでした。白人が手に、小さなテレビみたいの、もってました。ゲームボーイくらいの大きさでアンテナがついてたんで、液晶テレビかな、と思いました」

テレビはだが、ビルの地下では映りが悪い筈《はず》だ。何となく気になった彼は、ようすを見守っていた。

「画面がちらっと見えました。テレビじゃなかったです。青とか赤のライトがついたり消えたりしてた」

白人はアンテナを、ディスコの内部に向けていた。そして、不意にそれが始まった。

「いきなり、でした。本当にびっくりしましたよ。白人がテレビを眼鏡に預けたと思ったら、上着の中から鉄砲をとりだしたんです。何てんですか、ピストルとかじゃなくて、もっとすごいの、一メートルくらい火が噴きだして」

黒人も同じ銃を抜いた。現場から四十発以上の九ミリ弾のカートリッジが採取された。鑑識は、拳銃《けんじゅう》弾を使用する小型サブマシンガンと判断した。

二方向から吐きだされた銃弾は、フロアで踊っていた客をなぎ倒した。

「もう地獄でした。すげえ悲鳴と泣き声と、血の海ですよ、本当に」

パニックになった。外へ逃れようと、残った客が階段に殺到し、彼は押し倒された。そのために足をくじき、結果、そのあとのできごとも見届けることになった。

最初の一連射で、四人組は目的を果たした。三名の死者と八名の重軽傷者が現場となったフロアには残されていた。

十一名はすべて日本人だった。四人は、その中のひとつの死体に歩みよった。

「よく知ってる客でした。プッシャーです。売人。金になる薬なら、何でも扱うって奴で、トレードマークの革のチョッキに、いろんなドラッグを詰めこんでいました。ここのポケットはL《エル》で、こっちのポケットはハルシオン、てな具合です」

液晶テレビのような機械のアンテナは、死んだ売人にまっすぐ向けられていた。

手袋をはめた黒人が、死体にかがみこみ、チョッキをひっくりかえした。

「何だかよくわかんなかったですけれど、ウズラの卵くらいの金属でできた球が、いくつか入ってました。それが全部で五つくらいですかね。その球がでてきたとき、もってる機械の画面が赤い点でいっぱいになりました。きれいだなって、感じたんです。きっと殺されるだろうって思ってたんですけど、何ていうか、すごく現実離れした、妙な気分でした」

四人組は、そこでふた言、み言、会話をかわした。五つの金属球をとりあげたとき、白人がひどく悪態をついたのを、彼は見ている。

黒人はさらに死んだ売人の体を探った。

しかし金属球はもうでてこなかった。

「連中がこっちを向いたので、俺、目つぶりました。考えたらおかしいですよね。熊じゃないんだから。死んだフリしたって、助かりっこないのに。でも……」

四人組は、彼が生きていることに気づいたようだが、何もしなかった。他の七名の怪《け》我《が》人にも、手をだすことはしなかった。

「そのまま、でてっちまいました。急ぐでもなく、ゆっくりと歩いて……。鉄砲しまって、何もなかったように……」

2

目出し帽をかぶり、小銃と手榴弾をもった四名のテロリストが小走りに闇《やみ》の草原を走っていた。火山灰の上に薄く草がのび、ところどころ、ひとかかえもある火山岩が地面からつきだしている。土の色はまっ黒で、水はけが悪いせいか、あちこちにぬかるみができていた。

四名がめざしているのは、有刺鉄線で囲まれた、灰色のコンクリートの建物だった。建物の入口には、制服をつけた歩哨《ほしょう》が立っている。

有刺鉄線の手前までくると、四名はぴったりと地面に伏せた。ひとりが黒衣の袖《そで》をめくって腕時計をのぞいた。

午前三時二十分をさしていた。

爆音をたて、ヘリコプターが頭上を旋回していった。強いサーチライトの光が、建物の周囲、何もない草原を照らしだした。

テロリストのひとりがあお向けになった。太腿《ふともも》に留めていたカッターをとりだすと、有刺鉄線を一番下から切断していった。

ひとことも会話は交わされなかった。

鉄線の切断が終わると、別のひとりが腹這《はらば》いでくぐりぬけた。三名は鉄線の外側に残った。

くぐりぬけたひとりは、匍匐《ほふく》で前進した。大きな火山岩の手前までくると、前進を止めた。そこは、建物の手前、十メートルくらいの位置だった。

テロリストは火山岩の陰から銃をつきだした。長くてぶかっこうなサイレンサーのついた銃だった。勢いだけはあるものの、鋭さのともなわない口笛のような音を、二度、その銃はたてた。

びしゃっという音が、建物の入口に立っていた歩哨の胸もとでした。歩哨は無言のまま、倒れた。

歩哨を仕止めたテロリストは、小さく右手をふった。有刺鉄線の外側で待機していた三名はくぐりぬけにかかった。

四名が合流したのは、倒れている歩哨のかたわらだった。四人は装備を確認しあい、行動にうつろうとした。

次の瞬間、こうこうとしたサーチライトの光が四人を釘《くぎ》づけにした。

「そこまでだ！」

ハンドスピーカーから声が流れでた。

「第一段階はいい。だが、なぜそこでまた、四人全員がかたまる⁉　お前らはおしゃべり好きの女子高生か⁉」

四人は無言で立ちつくした。倒れていた歩哨がむくむくと起きあがった。胸にペイント弾の染みができていた。

「ようし、ライトをつけろ」

スピーカーの声は命じた。草原が明るくなった。建物から五十メートルほど離れた位置にテントがあった。そこに野戦服を着けた兵士が二十名ほど腰かけていた。彼らの前には、高感度ビデオカメラからの映像をうつしだす大画面モニターが設置されている。

ハンドスピーカーをもった男は、濃紺のセーターに野戦服のズボンだけをはいていた。

「いいか、殲滅《せんめつ》作戦の途中では、どんなことがあっても、今のように作戦行動中の人間がひとかたまりになってはいかん。万一発見されれば、そこですべてが頓挫《とんざ》する」

任務の遂行に失敗したテロリスト四名は、意気消沈してテントに戻ってきた。セーターに野戦ズボンの男はつづけた。

「今の場合、歩哨を処分するまでの行動はよかった。が、そのあとだ。ひとかたまりにならずに、援護、前進、援護、前進で、常にふた組以上に分かれなければならない。つまり、一名がワイアをくぐって最初の一名に合流し、残る二名は、その二名が新しい位置を確保するまで動いてはいかんのだ」

「質問があります」

野戦服の生徒がひとり、手をあげた。

「何だ、一等陸士」

「仮に、今、教官がおっしゃったような作戦行動をとって、ふた組に分かれたとします。もしどちらか片方の組が、敵に発見された場合は、どのようにすればよろしいのでしょうか」

教官と呼ばれた男は、建物を一度ふりかえり、微笑《ほほえ》んだ。こうこうとした光の中では、その建物は、ひと目で訓練用とわかる、急ごしらえの〝要塞《ようさい》〟だった。

「それは、君がどちらの組にいた場合かね。発見された方か、まぬがれた方か」

「両方の場合を想定して、お答えをお願いします」

「いいだろう」

男はいった。生徒たちのように髪を短く刈ってもいないし、いかにも兵士といったごついい体つきもしていない。むしろ一見、頼りなげに見えるほど細身で、顔つきにもすごみはなかった。階級章すら身につけていない。

「まず、君が幸いにして発見されなかった側の組だとする。その場合、君には任務が残っている。チームを再編制し――つまり、君らが二名なら、一名ずつふた組にまた分かれる、ということだ――殲滅作戦を続行する。くりかえすが、今の場合、二名ずつのふた組の片方が敵に発見されれば、残る二名が、一名ずつのふた組に分かれ、援護、前進をおこなう」

　そこで男はいったん言葉を切った。上空を旋回していたヘリは、とうにいなくなっていた筈《はず》なのに、再びヘリの爆音が近づきつつあった。男は声をはりあげた。

「――そして、発見された側に、君が属していた場合はだ。もうわかると思うが、仲間のもうひと組が任務を遂行できるよう、可能な限り、敵の注目を惹《ひ》く。昔からある手だ。陽動作戦という、な」

「……生存の確率は、どうなりますか」

　呆然《ぼうぜん》としたように、質問した生徒はいった。

「ない」

　男は短くいった。

「君らは消耗品だ。殲滅任務を与えられる兵士は、生存帰還の員数外なのだ。君らはエリートだ。エリートというのは即ち、いつ死んでもおかしくない任務につけられるからこそ、軍隊社会で尊敬されるのだ。わかったか」

　ため息とも抗議のつぶやきともとれる声が、着席した生徒たちのあいだから洩《も》れた。

　そのとき、ヘッドライトを上向きにしたジープが一台、火山灰の台地を、大きくバウンドしながら疾走してくるのが全員の目に入った。

　ジープは大きく揺れ、水たまりの泥水をはねとばしながら、テントのかたわらまでやってくると急停止した。野戦服を着た運転手の他に、もう一名、通常の制服を着けた男が助手席に乗りこんでいた。

制服の男はジープを降りると、ぬかるみに足をとられながら、見守っている生徒と教官に歩みよった。

「失礼いたします」

制服の男は敬礼し、いった。

「空挺《くうてい》部隊、特殊訓練所でありますか？」

「見ればわかるだろう。演習場のはしっこにいるのは我々だけだ」

男は淡々といった。

「教官の牧原《まきはら》軍事顧問は？」

「俺だ」

「失礼いたしました」

男は再度敬礼した制服の男の階級章に目をやった。

「陸幕の二尉が何の用だ？」

「緊急の任務です。東京まで同行をお願いいたします」

「この時間に？」

皮肉げに、男は眉《まゆ》を吊《つ》りあげた。

「はい」

「それでヘリですっとんできたのか」

「はい」

「カリキュラムはまだ残っている。俺の契約はこのカリキュラムの消化だ」

「それについては延期していただきたいとのことです」

男は一瞬、考えた。

「契約料は払ってもらえるのか」

二尉はつかのまためらった。

「多分」

「多分じゃ駄目だ。こっちはそっちとちがって、給料で働いてるのじゃないぞ」

「しかし――」

「六本木に問いあわせてみろ」

とりあわず、男はいった。

「できません」

「なぜだ？」

「この事項は、カク秘になっております」

「何だと？」

日本の官庁における秘密書類の等級は次のように分類されている。
・取扱注意
・秘

・マル秘
・極秘《ゴクヒ》
・カク秘
男はつかのま考えていた。二尉はつっと進みでて、男にだけ聞こえる声でいった。

「長官と部長がお待ちです」

「君は単なるメッセンジャーか」

「はい」

「──わかった、荷物をとってくる」

「必要ありません」

強硬な主張に、男は驚いたように二尉を見つめた。やがて肩をすくめた。

「わかった」

ジープに乗った男は、二尉をここまで乗せてきたヘリまで運ばれた。エンジンをかけたまま待っていたヘリを見て、男は首をふった。ヘリは、自衛隊のものではなく、アメリカ軍機だった。パイロットもアメリカ兵士だ。

「どうなってる？」

座席につき、ベルトを締めると、男は訊《たず》ねた。かたわらでベルトを締めた二尉が答えた。

「六本木の『星条旗新聞社《スターズアンドストライプス》』に向かいます。そこで長官と部長が待っておられます」

「なぜ米軍施設なんだ」

「在日米軍司令官もお待ちだからです」

ヘリは急角度で舞いあがった。

男は闇《やみ》に閉ざされた火山灰台地を見おろして、つぶやいた。

「きたときも夜で、帰るときも夜か。一度も空から富士山を見ずじまいだ」

二尉は答えなかった。


ヘリはまっすぐに東京の夜空をつっきった。港区の六本木に、広大な米軍施設があることは、意外に知られていない。夜ごと、嬌声《きょうせい》や歓声がネオンの間《はざま》でこだまする街の、すぐそばに、軍事施設があるのだ。しかも、そこからわずか直線で五百メートル足らずの位置には、防衛庁がある。

オレンジ色の輝きを夜空にそそりたてた東京タワーをかすめ、ヘリは降下態勢に入った。

ヘリが着陸したのは『星条旗新聞社』のヘリポートだった。『星条旗新聞』は米軍で発行されている機関紙である。だが、防衛庁本庁舎との距離からいっても、単なる新聞発行所にはとどまらず、極東戦略を決定する重要な秘密会議場として使われていることは、関係者のあいだでは周知の事実だった。

着陸したヘリがローターを休める暇も与えず、陸上自衛隊幕僚情報部の二尉はヘリをとび降りた。

「こちらへ」

男は二尉につづいてヘリを降りた。そこにはアメリカ空軍の少尉の制服を着けた若い白人が立っていて、二人を先導した。

日米の二人の将校にはさまれた男は、ヘリポートのすぐかたわらに設置されたエレベータに乗り込んだ。エレベータの乗り場には、アサルトライフルをもった二人の警備兵が立っていた。

エレベータは三人を呑みこむと、まっすぐに降下した。

そのスピードと時間から、男は、地下二十メートル以上は潜っていると、判断した。

エレベータが停止した。明らかにシェルター仕様とわかるトンネルが目前に広がっていた。途中、やはり警備兵の立つチェックポイントがある。

が、アメリカ人少尉はチェックポイントを無視し、まっすぐに廊下を進んでいった。

廊下の最奥部に、鉄板とコンクリートで作られた部屋があり、そこの入口にも二名の警備兵が立っていた。アメリカ人少尉は初めてそこで立ち止まった。

「I・Dカードを、サー」

アサルトライフルを肩にかけた伍長が英語でいった。少尉が手渡した。

「所属と名前を、サー」

「陸軍情報部、ジョー・マコーネル少尉」

「作戦名を」

「『エンドレス・スリープ《おわりのないねむり》』」

「サンキュー・サー」

伍長はコンピュータでチェックし、カードを返すと、気をつけをした。

「ご苦労」

もうひとりの兵士が、別のボタンに触れた。閉ざされていた扉が開いた。

少尉は男をふりかえり、頷《うなず》いた。男は皮肉げな目をして頷きかえし、扉をくぐった。

少尉と二尉があとからつづいた。

そこは大学の小講義教室のような部屋だった。階段状に机と椅子が配置され、正面にコンピュータと直結した大スクリーンがある。

そして、二人ずつ、四名の、制服を着けた日米の軍人と、もう一名、スーツを着た初老の白人の五人が、いちばん前のテーブルについていた。

「ご苦労だった、少尉」

三人を見て口を開いたのは、口ヒゲをはやした、黒人の軍人だった。少将の階級章をつけている。

「牧原軍事顧問をお連れしました」

二尉が敬礼した。陸将の制服を着けた、眼鏡の日本人が頷いた。

「君らは下がっていい」

二人の将校は敬礼し、地下深く守られた部屋を退出した。

「牧原さんはこちらへ」

陸将のかたわらにいた男がいった。長身で、一佐の階級章をつけている。

男は歩きながら英語でいった。

「さてさて、いつ第三次世界大戦が始まったのかな」

「大戦はまだだ。だが、ごく近い時間のうちに、このトウキョウは、かつてのヒロシマやナガサキとかわらない被害をこうむる。あるいは、もっとひどいかもしれん」

黒人の将軍が答えた。

「すわりたまえ。メンバーの紹介をする」

男は、五人のま向かいの椅子に腰をおろした。

「まず、君の同胞から始めよう。現在の君のクライアントだ」

将軍はいった。

眼鏡の日本人が立ちあがった。

「陸上幕僚長の岩永《いわなが》だ」

「幕僚情報部の剣持《けんもち》です」

一佐の制服を着た男がいった。

「私は、在日米軍司令官の、アル・ジョンステッカー」

黒人がいい、かたわらの白人に、

「彼は、アメリカ陸軍情報部の、ウィリアム・ヘルナード中佐だ。ヘルナードは知ってるな」

　男は頷いた。にやりと笑う。

「パナマで会った。侵攻の前日だったかな。ええと、テキサコオイルの名刺をもらった」

　ヘルナードは無表情で頷いた。

「私も、君からトーア化学の名刺をもらった」

「どちらも嘘《うそ》つきというわけだ」

　将軍はいった。そして、たった一人そこにいる民間人をふりかえった。

「こちらはグレアム博士。ドクターといっても医者じゃない。大脳生理学の方だ」

「よろしく」

　男はいった。

　全員が着席し、ヘルナードが改めて立ちあがった。

「メンバーの都合上、話は英語で進めさせていただく」

「かまわんよ」

　男はいった。ヘルナードは男を見た。

「マキハラ、君の現在の立場は、自衛隊の軍事顧問ということになっている。契約の中に機密事項の守秘義務はあるな」

「ある。だがここはそれには含まれない」

「では確認する。これからここでおこなわれるミーティングについて、第一級の守秘義務を君は負う。破った場合は、日米両国から刑事訴追をうける。さらに、それ以上の責任を問われることもある」

「はっきりいえよ。喋《しゃべ》ったら殺す、と」

男はからかうような口調でいった。ヘルナード中佐の顔が赤くなった。

「で、見かえりは？」

男はそれを無視し、訊《たず》ねた。ヘルナード中佐は剣持一佐を見やった。

「任務遂行に対し、五千万円。さらに一件につき五百万のボーナス」

「期間は？　五十年なんていうなよ」

「六ヵ月が最長限度。一ヵ月以内であればベストだ」

「大統領暗殺か？」

男はさりげなくいった。ヘルナード中佐が男をにらんだ。ジョンステッカー将軍が目顔で制止した。

「それならばもっとやさしい。どうかね、契約に応じるか」

「契約書は？」

「残せない。したがってこの場でキャッシュで払う」

「それは豪華だな。任務途中で、俺が刑事訴追されるおそれは？」

「ない」

岩永陸将がいった。

「任務にともなうものであれば、いかなる活動であっても、刑事訴追の対象外となることを、法務省の刑事局長と確認ずみだ」

「わかった」

「守秘義務が発効する」

ヘルナード中佐が宣言した。男は頷いた。

「ではまず、この写真を見てもらう」

スクリーンに、警察の鑑識写真と覚しきモノクロの映像がうつしだされた。

「二十一時間ほど前。シブヤの『メイプル』というディスコだ」

散らばった薬莢《やっきょう》、三体の死体が次々とうつる。フロアには大きな血だまりがいくつもあった。

一体の死体がアップになった。皮のチョッキを着け、頭にバンダナを巻いている。年齢は二十歳くらい。命中している弾丸の数は明らかに、他の二人よりも多かった。

「知らない顔だ」

男はいった。

「キヨシ・スズキ。ドラッグのプッシャーをしていた。シブヤに本部がある、ウエダ会という暴力団の準メンバーだ」

「やったのもヤクザか」

「ちがう。現場には九ミリメーターのカートリッジが多数落ちていた。使用されたのはサブマシンガン。目撃者の話では、使用者は東洋人二名と、白人と黒人が各一名」

男は足を組んだ。

「被弾状況から見てもわかる通り、四名は、このプッシャーをターゲットにしていた。さらに、プッシャーの死体から金属のピルケースを回収している」

「なるほど」

スクリーンが明るくなった。

ジョンステッカーが口を開けた。

「次にグレアム博士の話を聞いていただく」

スーツを着た白髪の老人が立ち上がった。咳《せき》ばらいをしていう。

「ミスター・マキハラ、人間の脳についてくわしいかね」

「見たことは何回かある。働きについては……」

男は肩をすくめた。

「ではかいつまんで話す。人間に限らず、すべての地球上の生物には、遺伝子がある。この遺伝子には、地球上に最初の生命が生まれてから、現在にいたるまでのさまざまな情報がインプットされている。この情報があるから、鶏の卵から蛇が生まれることがないのだ、簡単にいってしまえば、だ」

「それなら俺にもわかる」

「ただし──」

　グレアムはスクリーンをふりかえった。アメーバに始まる、簡単な進化の系統樹がうつった。

「人間は最初から人間として、この地球上に出現したわけではない。単純な細胞システムのアメーバのような生物から、現在の生物であてはめるなら、節足《せっそく》動物、魚類、両生類、爬虫類《はちゅう》などを経て、霊長類にたどりついたのだ。いってしまえば、代々の先祖は恐竜や魚、三葉虫《さんようちゅう》でもある、というわけだ。もちろん恐竜が霊長類になる過程には、さまざまな進化の枝分かれがある。ただひとついえることは、もとは同じということだ。したがって、遺伝子の情報とは、何十億年ものあいだこの地球上で育《はぐく》まれてきた生命の記録である、といってもよい。だからといって、人間から恐竜が生まれたり、三葉虫が生まれてくることは絶対にありえない。長い進化の過程で、不要な情報を使用しないシステムができあがっているからだ。だが、受精から胎児として成長していく段階でのみ、人間も魚も爬虫類も、源がひとつであることを示す姿をとる」

「オタマジャクシに手や足が生える。そうするとカエルになる」

「いってみればそういうことだ。初期胎児の段階では、人間にもエラに似た器官や尻尾《しっぽ》が存在する」

　男は頷《うなず》いた。グレアムはジョンステッカーを見やった。ジョンステッカーが口を開いた。

「マキハラ、君は『ナイトメア計画』という名を聞いたことがあるか」

男は首をかしげた。

「あるような気もする。兵士の防禦《ぼうぎょ》能力を向上させる研究じゃなかったか。視力や聴力、運動神経なんかを人工的に増幅させる……」

「その通りだ。スタートしたのは、君がまだ小学生かそれ以前の、ベトナム戦争時代だ。高温多湿のジャングルにおける戦闘で、我がアメリカ陸軍は苦戦を強いられた。兵器を含む機械類の、アメリカとの環境の差による故障も原因のひとつではあったが、環境が与えた最も深刻な影響は、兵士の肉体や精神面にでた。彼ら兵士が訓練を受けたアメリカ合衆国とベトナムとでは、まるで風土、気候がちがっていたからだ。その問題を解決するために、『ナイトメア計画』は立ちあがったのだ」

「何十年も前の話だ」

「ベトナム戦争は終結したが、いつまた、アメリカ合衆国とはまるでちがう環境のもとで戦闘をおこなわなければならないかは、神のみが知る。氷河地帯や海底、ときには宇宙空間かもしれん。したがって研究そのものは中止されることなくつづけられてきた。ただし、この研究はジュネーブ協定に抵触する部分があったため、陸軍では公にはおこなえなかった」

「生物兵器《バイオ・ウェポン》か」

「そうだ。そこで、グレアム博士のおられる、ゾレゴン社の薬品開発部門で研究が進められていた。博士はそこで画期的な薬品の開発に成功した。つづきは再び、博士にお願いする」

　グレアムが立ちあがった。

「私は、『ナイトメア計画』に、人間の遺伝子情報を活用することを考えた。それも大脳のある部分を刺激することで、我々人間がもち、眠らせている遺伝子情報を、今もっている肉体の中で伝達させるのだ。そのメカニズムを説明すると――」

「待った」

　男がさえぎった。

「あんたのいっていることはこういうことか。たとえば俺がSEALSのメンバーで、水中活動をメインにしている兵士だとすると、あんたの考えた方法をためすと、エラが生えてくる……」

「ことはそれほど単純ではないが、そうなる。エラを生やすために、肺や心臓に大がかりな変化が必要になるからな」

「『ドクター・モローの島』だな」

　男の言葉にグレアムはにこりともせず、いった。

「ドクター・モローは、手術で半魚人をこしらえた。そしてひとたび半魚人の改造手術をうけた者は、人間としての生活が不可能になった。しかし、私の開発した薬品は、飲むだけで、体組織を変化させるし、その効果が切れれば、もとの人間の体に戻ることが可能だ」

「薬？」

「そうだ。試作段階ではあったが、私はこの薬に『ナイトメア90』という名前を与えた」

「まさしくナイトメア《悪夢》だな」

男は唸《うな》った。

ジョンステッカーが立ちあがった。

「『ナイトメア90』は、まだ試作段階で、生物、特に人体への効果は完全に確認されてはいない。だが、ある環境保護グループが、この計画を密告によって知り、妨害工作にでた」

ジョンステッカーは手をふった。スクリーンに、破壊された研究施設と覚しい建物がうつしだされた。

「こちらの時間で五日前だ。ゾレゴンの新薬研究所に彼らは押しいり、警備員二名を射殺し、保管所から『ナイトメア90』錠剤を二十錠、奪って逃げた。うち十錠は匿名でW・H・O（世界保健機関）に送られたが、国防省の対応で回収に成功した。残りの十錠を、その団体はこの日本にもちこんだ」

「なぜ日本なんだ」

「理由はいくつかある。ひとつはゾレゴンの母体は、日本からでた多国籍企業であること。この国は兵器の輸出に神経を尖《とが》らせているが、外国で兵器生産をする企業に投資することを禁じてはいない。もうひとつ、その環境保護団体は、世界中のあらゆる国で、日本こそが環境破壊の元凶である、と主張してきた。その日本に反省をうながす、というわけだ」

「団体の名前は？」

「『ブルー・スカイ・ラバーズ』、B・S・Lと呼ばれている」

「確か、分裂したのじゃないか」

「した。過激派と穏健派のあいだで対立があり、ふたつに分かれた。だが、どちらもいまだに、B・S・Lを名乗ってはいる。研究所に侵入し、『ナイトメア90』を奪ったのは、過激派の方だ。過激派は、戦闘、破壊工作をしてでも、地球の環境破壊をくいとめることを目的としており、そのための兵士の養成もおこなっている」

ヘルナード中佐が答えた。

「そこで、シブヤか」

「そうだ。ここからは私が説明する」

剣持一佐が立った。

「ヘルナード中佐の連絡をうけ、我々は東京税関に、『ナイトメア90』のもちこみを阻止するよう、すぐに連絡をした。だがすでに、『ナイトメア90』十錠は、日本国内にもちこまれていることが明らかになった。シブヤのディスコ『メイプル』を襲ったのは、ゾレゴンに雇われた工作員だ。連中は、『ナイトメア90』のカプセルが入った金属容器に反応する探知器をもっていた。B・S・Lは、日本にもちこんだ『ナイトメア90』を、若者を相手にするドラッグディーラーに売りつけ、殺されたプッシャーを通じて、無関係な人間に販売したのだ」

「なんだと……」

男はあっけにとられたようにいった。

「つまり、買ったのは、何も知らない子供たちか」

「そういうことになる。死んだスズキは『メイプル』をたまり場にするプッシャーで、幻覚剤や睡眠薬を、高校生を中心に売りつけていた。目撃者の話では、ゾレゴンの工作員はスズキから、五錠ていどの『ナイトメア90』を回収している。もし、スズキが十錠すべての販売をしていたとすると、すでに五錠が服用されている可能性が高い」

「いったいどうなるんだ？」

男はグレアムを見た。グレアムは首をふった。

「すでに述べたように、人体に与える影響のデータはまだないのだ。盗まれた『ナイトメア90』は、今後、陸軍からの志願兵に試験する予定で保管されていたのだ」

「だが、チンパンジーに与えたデータならある。そのビデオを今、上映する」

ヘルナード中佐がいった。

スクリーンにチンパンジーの姿がうつしだされた。右下部に細かく変化するタイムデータがある。早送りされるビデオ映像の中で、二十四時間がまたたくまにすぎた。

うつっているチンパンジーには、何の変化もない。

三十時間に達しようとしたときだった。不意にチンパンジーのようすがおかしくなった。

動作が極端に神経質になり、入れられた檻《おり》の格子をゆさぶりはじめた。つづいて食物を激しく嘔吐《おうと》し、ぐったりとして動かなくなる。動きが止まってしばらくすると、痙攣《けいれん》がその体を襲った。

壊れた人形のようにチンパンジーは檻の中を転げ回った。手と脚、腹、眼球など、体じゅうのあらゆる部分が、脈を打つように、ふくれあがってはおさまり、ふくれあがってはおさまる。

まるで巨大な寄生虫がチンパンジーの表皮の下で暴れ回っているようだった。

「じきに変態する」

グレアムが冷静な声で告げた。

不意にチンパンジーの右半身にそれが表れた。一見して、平常ではないとわかる変化だった。銀色の鱗《うろこ》に似たものが、体毛と体毛のすきまからもりあがりはじめたのだ。

またたくまにその鱗は、チンパンジーの半身をおおった。右目の眼球がふくれあがり、眼窩《がんか》そのものも変化した。左目に比べ、大きく後退すると同時に裂けたように横に広がる。眼球が銀色の光を帯びたかと思うと、瞳《ひとみ》が細く、赤い割れ目のように狭まった。

チンパンジーから、別の生き物になったそれは、テレビカメラに向かって威嚇するように大きく口を開いた。

男は息を呑《の》んだ。口の中までかわっていた。左側の歯は今まで通りだが、右側には細く尖《とが》った牙《きば》がびっしりと生えていたのだ。尖ったカギ爪《づめ》がカメラの前をよこぎった。指もまた、さらにそれが右腕をふりあげた。大きく変化していた。

「化け物だな」

男はつぶやいた。それは、チンパンジーとはまったくちがう動きをした。

カギ爪が檻の格子にかけられた。力をこめると格子がまるでアメのように、メキメキと折れ曲がった。すきまに身をよじりこませ、それは脱出しようと試みた。

画面が途切れた。スクリーンがまっ白になる。

しばらく誰も口を開かなかった。

男が訊《たず》ねた。

「あれは、それからどうなったんだ？」

グレアムが答えた。

「射殺された。二十二口径のライフル弾を頭部に二発撃ちこんだが、それでも暴れたので、象撃ち用のウェザビーマグナムを使った」

満足そうにいってのけた。男は嫌悪の表情でグレアムを見た。

「悪いが俺《おれ》はあんたにノーベル賞を授与するよう提案する気にはなれんね」

そしていった。

「人間もああなるのか。三十時間以内に」

「個人差がある」

無表情になったグレアムがいった。

「別の検体では、二時間で変化がおきたが不完全で死亡した。また、今のとは別の検体では、変化が全身に生じたが、三十分で元のチンパンジーに戻った」

「ばらばら、ということか」

「その通りだ。変態し、もとに戻らぬものもあれば、一定時間が経過すれば戻るものもある。薬品によってもたらされる変化に適応できるかどうか、なのだ」

「戻ったらば、それきりか」

「いや、飢えや攻撃などの危機的状況にたつと、再び変化する。その場合、若干の狂暴性をおびる」

「若干だって⁉　あれのどこが若干なんだ」

「そういう変化を目的にした薬だ。いくら変態に成功しても、攻撃性を失ってしまっては、兵士には投与できない」

「冗談じゃない。あんな代物を飲まされた兵隊はどうなる。敵と味方の区別もつかなくなるかもしれん」

「外見の変化と知性の相互関係はまだわかっていない」

「驚きだな」

男は首をふり、ジョンステッカーを見やった。二人のアメリカ人は、すでにこの映像を見た経験があるらしく無表情だった。だが、日本人軍人二人は、明らかにショックをうけていた。

「こんな代物、環境保護団体じゃなくても、存在が許せん」

「すでに『ナイトメア90』の生産は中止された」

ヘルナード中佐はいった。

男は荒々しく息を吐き、野戦ズボンのポケットから煙草をだすと、火をつけた。

「すまんが煙草はやめてくれないか」

グレアムが鼻と口を手でおおっていった。

男は深々と煙を吸いこみ、グレアムに吹きかけた。

「煙草の方が百倍、体にいいぞ」

動揺をおさえこんだ岩永がいった。

「牧原君、君に頼みたいのは、行方不明になっている五錠の『ナイトメア90』の回収だ」

「すでに服用されていたらどうなるんだ。チンパンジーにウェザビーだと。バズーカでも使えっていうのか」

「方法はある」

グレアムがいった。

「聞かせてもらおう」

男は遠慮なく煙草の灰を床に落とし、いった。グレアムはいまいましそうに男の煙草を見つめながら口を開いた。

「『ナイトメア90』が人体に残留効果を及ぼした場合を想定して、我々は解毒剤の開発を並行しておこなってきた。これも試作段階ではあるが、先のチンパンジーのような投与実験の結果、『ナイトメア90』服用後七十二時間以内であれば、九〇パーセント以上の検体に何ら後遺症を残すことなく効果があることが実証された。七十二時間以上経過したものについては、データがないためどれほどの効果があるかはわからない。我々はこの解毒剤を『ウェイカー』と名づけた」

「悪夢から目覚《ウエイクアップ》めさせるからか。つまらん洒落《しやれ》だ」

男はつぶやいた。そして岩永を見やった。

「死んだプッシャーが薬を売りつけていたのは、高校生が中心だといったな」

「そうだ」

「であれば、それほど難しかない。渋谷あたりで遊んでいるガキをかたっぱしから補導して、悪性のインフルエンザが流行っているとかなんとかいって、その『ウェイカー』を注射しちまえばいい」

「それがそうは簡単にいかないのだ」

グレアムが、答えようとした岩永より先にいった。

男は向き直った。

「なぜだ」

「理由はふたつある。『ウェイカー』は、『ナイトメア90』によって変態をひきおこされた状態の検体にのみ効果があった。さらに『ウェイカー』じたいが強い薬であるため、『ナイトメア90』を服用していない生物に投与すると激しい副作用をひきおこす」

「激しい副作用？　どうなるんだ」

「ガン細胞の出現だ。進行は早く、三日から一週間以内に死亡する」

男は天井を見上げた。

「それでも解毒剤だってのか」

「君たちの国には、毒をもって毒を制す、ということわざがあるそうだが」

男はつかのま黙り、煙草を床に落とすと、野戦ブーツの爪先《つまさき》で踏み消した。

「じゃあ、ここで話を整理しよう。今、俺の目の前にいるあんたたち五人のうちの誰かが『ナイトメア90』を飲んでいるとする。変態の発作をおこしていなければ、ふつうの人間にしか見えない。『ウェイカー』をこの時点で全員に投与するとどうなる？」

「服用していない人間は全員死亡する。そして服用している人間には何の効果もない」

「つまり化け物に変化するのを待って投与しなければならないと？」

「その通りだ」

「『ナイトメア90』の効果が表れるのには個体差がある、といったな」

男はグレアムを見やった。

「人間の場合、脳に効果が及ぶまで最短で十時間がかかると想像されている。さらに変態がおきるまでの時間は不明だ。変態しても、その状態がどれだけ持続するかについてもデータがない」

「一度変態して、効果が切れた場合、どうなるのです？」

剣持が訊《たず》ねた。

「服用前の状態、すなわち正常体に戻る」

「再発は？」

「『ナイトメア90』は体内に定着残留する傾向を与えてある。したがって再変態は充分可能だ」

「ほっておけば何度でも化け物になったり人間に戻ったりをくりかえすと？」

男は訊ねた。

「ということになる。もちろん個体によっては、変態が完了せず、えんえんと進行する場合もある。そうなれば、いつ正常体に戻るかはわからない」

「よくそんないい加減な薬を作ったな」

男は吐きだすようにいった。グレアムは感情をおし殺した声で、

「試作品だといった筈《はず》だ」

と答えた。

「だが人体実験をするつもりだったのだろうが」

「実用化には人体データが不可欠だ。これが成功すれば、人類の進化に大きな飛躍が生まれる」

「進化といえるのか、あれが」

男はつぶやき、首をふった。

ジョンステッカーが口を開いた。

「グレアム博士の倫理的な責任を問う立場に我々は今、いない。問題は、失われた五錠の『ナイトメア90』だ。時間の経過を考えればすでに服用されている公算が大きい。いつそのうちのひとりが変態して暴れだすとも限らない」

「外見と知性の関係はわからない、ということだったな。変態した場合、すぐそばにいる家族や友人を含めて、回りの人間にかたっぱしから攻撃を加えるということか」

「可能性はある」

「さらにその攻撃の内容が問題だ」

ヘルナードがいった。

「チンパンジーのデータでは、本来の防禦《ぼうぎょ》、攻撃能力をはるかに上回る結果がでている。体長九十センチのチンパンジーがヒグマ並みの攻撃能力をもつとすれば、身長百七十センチの人間がどうなるか、考えるだけでその危険性は想像できるだろう」

男の表情が暗くなった。

「シブヤの街のまん中でそいつが暴れだしたらどうなる」

「あっという間に数十人から数百人の犠牲者がでる。そして警察官の通常装備などではとてもたちうちできない」

剣持がいった。

「さらに問題なのは、人の見ていないところで正常体に戻ってしまえば、その大量殺人鬼が誰であったかは、見きわめることができん、ということだ。本人に変態時の記憶があるかどうかも定かではないからな」

ジョンステッカーがいう。

「暴れだしたら自衛隊が出動か」

「そうならんことを祈ってる。もし五匹の化け物が同時に出現するようなことがあったら、とても対応はできない」

「運動神経は、通常の二倍近くまではねあがる」

グレアムがいった。

「簡単にいえば、誰でも百メートルを十秒以内で走ることができる、ということだ。当然、敏しょう性も加わるから、警察官などではとりおさえることはできない」

岩永は男を見やった。

「牧原くん、君は二十一歳で外人部隊に入隊し、その後、イギリスのS・A・S（空軍特殊部隊）で対都市テロ戦術のエキスパートとして教官をつとめた人物だ。今回の任務の特殊性、秘密性からいって、『ウェイカー』を服用者に使用し、ひとりでも被害者をださずに遂行できるのは、君しかいない、と我々は考えたのだ」

男は無言だった。

「『ウェイカー』は特殊な注射器に装塡《そうてん》されている。ガス圧をかけ、注入針を検体の内部に挿入する」

グレアムがいい、かたわらにおいてあった平たいアタッシェケースをとりあげると蓋《ふた》を開いた。

「基本は、動物に使う麻酔銃と同じだ。標的に銃口を向け、引き金をひくと、チューブと注入針からなる矢がガスでとびだす。針が刺さるとチューブ内の高圧によって『ウェイカー』が注ぎこまれる。体のどの部位であっても効果に支障はない」

それは一見すると小さなドリルのようで、ピストル型のグリップがついていた。

「初めて聞いたいいニュースだな。その、体のどの部位であっても、というのは」

男はいってアタッシェケースに目を向けた。矢は十本入っていた。

グレアムがいった。

「失敗に備え、倍量を用意した」

男は重い息を吐いた。

「俺の行動については、刑事局と話がついているといったな。で、カバーは？」

「君は明日の朝づけで、渋谷の私立東河台学園高校の体育教師として赴任する。東河台高校は、渋谷の盛り場に近く、『メイプル』に出入りする生徒も多い。生活指導担当として、情報の入手も可能だ」

岩永の言葉に男は首をふった。

「俺が学校の先生とはな」

「東河台学園の学園長とは話がついている。君は担任をうけもつ必要はない。あくまでもカバーだ。高校生の運動能力データを収集するために文部省から派遣された係官という触れこみだ」

剣持がいった。

「五錠のうちの何錠かは、まちがいなく東河台の生徒に流れている。ひとりでも服用者を見つければ、そこからたぐって残りの四名を探しだせる」

「なるほど、考えたわけだ」

「問題があと二点、ある」

ヘルナードが激しい表情でいった。

「悪《バッド》いニュースのオンパレードだな」

男があきらめたようにいうと、ジョンステッカーが微笑《ほほえ》んだ。

「良《グッド》いニュースばかりのときに我々職業軍人の出番があったことがあるかね、マキハラ」

「それもそうだ」

ヘルナードが咳《せき》ばらいした。

「問題のその一は、ディスコ『メイプル』を襲った、ゾレゴンの工作員のことだ。彼らはまだ野放しになっている。ゾレゴンの命令は、『ナイトメア90』の服用者を発見したら、変態の有無にかかわらず抹殺せよ、だ。従って、実際の服用者であるかどうかに関わりなく、殺人がくりかえされる可能性がある」

「そっちは警察に任せたらどうだ」

「この件に関しては、日米首脳の判断の結果、あらゆる司法機関は行動を控えることになった。下手に工作員を逮捕し、事実がマスコミに洩《も》れれば、パニックが起きる可能性がある」

ヘルナードはいった。

「そいつは表向きの理由だ。ジュネーブ協定に抵触する研究の存在を隠すためだろう」

男は冷ややかにいった。それには答えず、ヘルナードは言葉をつづけた。

「問題の二点目は、B・S・Lの動きだ。『メイプル』での殺人の情報を入手したB・S・Lが、さらに工作員を使って事態の拡大を狙《ねら》う可能性がある」

「どんな？」

「わからない。少なくともB・S・Lの二派双方が動きだしたという情報は入っている」

「二派？　穏健派の方もか」

「そうだ。内部分裂の結果、過激派と穏健派は激しい内ゲバを展開している。従って、この二派が相互にどういう活動をおこなうのかは、まるで予測がつかない」

「化け物に殺し屋に過激派か。あとは何だ？」

「ブリーフィングは以上だ。何か質問はあるかね？」

男は考えていたが、いった。

「このガス銃以外の通常兵器の使用についてはどうなんだ」

ジョンステッカーが口を開いた。

「在日米軍の歩兵装備をすべて貸与する用意がある。使用判断は君に任せる」

「了解」

男はさらに足もとに目を移し、考えていた。しばらくして、グレアムに目を向けた。

「『ウェイカー』を、化け物の体に打ちこんだ場合、効果はどのようにでる？」

「劇的といってもよい。薬剤が注入され、血管に流れこむと、すみやかに『ナイトメア90』の定着が崩壊する。検体は意識を失い、その間に『ナイトメア90』は不活性化し、やがて体外へ排出される」

「俺が訊《き》きたいのは、矢が刺さってから薬が効き始めるまでの時間だ」

「臓器位置の似通ったチンパンジーからのデータによると、およそ十秒から十五秒。平均して十三秒だ」

グレアムが答えた。

「十三秒ね。その間は、まだ化け物なんだな」

「その通りだ」

「連絡官は私がおこなう。これは日米双方の超極秘任務だ」

剣持がいった。

男は剣持を見つめ、頷《うなず》いた。そして低い声でいった。

「俺が甘かったよ。五千万とはな。こんな話を聞かされただけでも、もう五千万円分の仕事をした気分だ」

ジョンステッカーが重々しくいった。

「ならばあとは、使命感で働くのだな。無辜《むこ》の市民の生命を守るという……」

その言葉に異論を唱える者はいなかった。

3

ヒロシはひどく不安だった。と同時に、なぜ自分がこんなことになってしまったのか、どうしても理解できずにいた。

すべては、あの夜『メイプル』にいったことから始まったのだ。

『メイプル』にさえいかなければ――

別に『メイプル』でなくてはならない理由はなかった。いつも通りゲームセンターで、遊び仲間の誰かがくるのを待っていればよかった。

小遣いはたっぷりあったし、ひと晩中ゲームセンターで遊んでいることだってできた。

さもなけりゃ、あのあたりの不良女子高生のたまり場になっている『カフェ・ジョワイユ』で誰かをナンパしてさっさとホテルにしけこんでもよかった。

チームが解散してしまってから、何をやってもうまくいかないことばかりだ。リーダー役だった洋一《よういち》が、馬鹿くせえといいだしたのがすべての始まりだった。洋一は頭も切れるし、体もでかくて喧嘩《けんか》に強い。どちらかといえば、お坊ちゃんお嬢ちゃん学校の東河台では、異色のタイプだ。

ヒロシの家も一流商社の重役で金持ちだが、洋一の家とは比べものにならない。洋一の親父《おやじ》は、何かの黒幕のような大物で、大金持ちであちこちに顔がきくらしいが、めったに名前がでることがないという。おかげで洋一も、総理大臣なんかを平気で呼びすてにしている。洋一の親父にいわせると、今の総理大臣は、呉服屋の番頭がお似合いだそうだ。

あの晩、ヒロシは洋一が街にでている、と聞いてでかけていったのだ。だが洋一には会えなかった。『メイプル』にちょこっとだけいて、すぐに女と消えたらしい。だから『メイプル』でそれを聞いて、ヒロシも早めに帰ろうと決めたのだ。

そこへ奴がきた。キヨシだった。キヨシは例の厚かましいにやにや笑いを浮かべながら、トレードマークのチョッキに両手の親指をかけ近づいてきた。

――ハーイ、ヒロシちゃん。どう？　元気にラリってる？

――やってないよ、草《マリファナ》、入ったの？

愛想のつもりでヒロシがいうと、キヨシは首をふり、ヒロシの肩を抱きよせた。
――草はないけど、すっげえぶっとびもんの新薬が入ってるぜ。効くんだ、これが
――どうなんの？
――スーパーマン、だよ。高いビルもひとっ飛び
――マジかよ
――マジもマジ、大マジ。ちょっとしかないんだ。今のうち買わない？
――高えなら嫌だよ
――ツェーマン《一万》て話もあるけど、ヒロシちゃんなら半分でいいよ
そのとき洋一のことが頭に浮かんだ。洋一もドラッグが好きだ。ヒロシと洋一が気があったのは、二人とも中学のときにアメリカにいたことがあるせいだった。ヒロシは親父の仕事の関係で、洋一は何かヤバイことをやって警察がうるさくなったため、ほとぼり冷ましに留学をさせられたらしい。洋一はロスで、ヒロシはシカゴだ。二人とも向こうでたっぷりドラッグは試した。
その新薬というのをプレゼントすれば、洋一は喜ぶかもしれない。
――洋一も買った？　それ
キヨシは肩をすくめた。
――そういうのは答えられないの。俺らの商売の鉄則
――まあいいや二錠ちょうだいよ

そういうとキヨシは首をふった。
――今日のとこは一錠にしときな。そのかわりよかったら、また売ってやるから
妙だと思った。あのキヨシが売り惜しみをするのだ。いつもだったらマクドナルドの
ように、スピードやアップジョンをやたらいっしょに売りつけようとするくせに。
ヒロシは仕方なく五千円札をだした。キヨシの手が素早くそれをつかみ、もう片方の
手でごろんとした固いものを、ヒロシのポケットにおしこんだ。
――でっかいじゃん
――ケースに入ってんだよ。カッコいいケースだぜ。あとでゆっくり見てみな
キヨシは囁《ささや》きかけ、ぱっとヒロシから離れた。そして踊りながら、サウンドとイルミ
ネーションが爆発しているステージの方にいってしまった。
ヒロシは何だか拍子ぬけして踵《きびす》を返した。
『メイプル』をでて、どっかで女をひっかけようと思ったのだ。
出口の階段をあがってきたとき、あいつらと鉢あわせした。白人、黒人と日本人のオ
ヤジ二人の、四人組だ。そのうちのひとりが、ゲームボーイみたいな変な機械をもって
いる。
ひと目見た瞬間、ヒロシはヤバそうな予感がして、急ぎ足でかたわらをすりぬけた。
そのとき、ゲームボーイみたいなものの画面がまっ赤にかわった。
――もってるぞ

英語で黒人がいうのが聞こえた。

——ヘイ！

とっさにヒロシは走りだした。とんでもなくヤバい、と思ったのだ。あいつらは、日本とアメリカの麻薬捜査官かなにかで、たった今、ヒロシがキヨシから買ったばかりのドラッグを追っかけているのじゃないか。つかまったらえらいことになる。

ふりかえると、白人と日本人のふたりがすごい形相で追いすがってくるのが見えた。マジでヤバい。ヒロシは、すぐ近くにあったゲーセンにとびこんだ。ここは従業員用の通用口が、すぐ隣りのビルの地下とつながっている。そこでまいてしまおうと思ったのだ。

追っかけてきた連中をまくのは、それで成功した。とりあえず、買ったばかりの薬をもっているのはヤバい。捨てるのもくやしいので、いつものコインロッカーに隠した。あんなに必死になって捜しているのだから、よほどの薬にちがいない。

しばらく時間を潰《つぶ》して、『メイプル』の方に戻った。すごい騒ぎになっていた。そこでヒロシは野次馬から聞かされたのだ。機関銃をもった奴が『メイプル』で暴れて、客が皆殺しにされたのだ、という。

パトカーや救急車が何台も止まっていた。そしてヒロシは、担架で運びだされてきたキヨシを見た。毛布の端がめくれ、穴だらけの血まみれの姿だった。ひと目で死んでいる、とわかった。

見ているうちに膝《ひざ》がふるえだした。とんでもないことになった、と思った。ふっとんで家に帰った。

だが翌日の朝刊には、そんな騒ぎのことは何ひとつでていなかった。渋谷であった事件らしい事件といえば、宇田川町のラブホテルで、十七歳の娘が殴り殺されているのが発見された、という記事だけだ。あとでその娘は、ヒロシも知ってる都立の女子高生だとわかった。すぐやらせるので有名だった女だ。

週明けは学校をシカトするのはマズいと思ったので、今日はまともに登校した。洋一はきていなかった。洋一は携帯電話をもっている。かけたが、電波の届かないところにいるか、電源を切っている、という例のテープを聞かされただけだ。

学校は例によってつまらなかった。何だか新しい先公がきたとかいってたが、体育だから関係ない。体育の授業はいつもフケることにしているからだ。

一昨日《おととい》のことが気になって、渋谷にでてみることにした。格好をおとなしめにして、ふだんはかけない眼鏡をはめる。これなら一昨日の連中に会ってもわからないだろう。

だが渋谷の駅の近くで、もっと悪い奴らにつかまってしまった。

例の薬をロッカーからとりだそうと思っていたら、そのあたりを見張っている連中がいたのだ。

やくざだった。死んだキヨシが入っていた植田会の連中だ。ひとりは、キヨシと一緒に、前にヒロシも会ったことがある奴だった。

そいつはヒロシを見つけるとすぐに近よってきた。

「よお、何してんだよ」

「別に。帰るとこ」

とぼけたが、あっというまにとり囲まれた。

「一昨日、鈴木に会ったろう。キヨシだよ」

やくざは恐い声でいった。

「『メイプル』で見かけました」

「あそこにいたのか、お前」

「ちょっとだけ」

「つきあってくれや、な」

やくざの顔色がかわった。ヒロシは不意に腕をつかまれた。

「何すんだよ」

「いいからこいよ。身内殺られてよ、俺ら気がたってんだよ」

前に立ったやくざがブルゾンのジッパーをヒロシにだけわかるようにさりげなくおろした。それを見てヒロシは体がかたくなった。

黒い、拳銃《けんじゅう》のグリップが見えたのだ。

ヒロシはセンター街にある植田会の事務所に連れこまれた。

椅子にすわらされ、まわりをやくざにとり囲まれた。

向かいに、ヒロシが見たことのない、スーツ姿の男がすわった。左手の薬指にごつい指輪をしていて、その隣りの小指は先がない。

男がラークをくわえると、ヒロシをつかまえたやくざ――確かミチオといった――がライターをさっとさしだし、男の耳にごそごそと話しかけた。

男はうんうん頷《うなず》きながら耳を傾けていたが、やがてラークの煙を天井に吹きあげ、身をのりだした。

「学生さん、キヨシのお得意さんだったんだって」

「ちょこっとだけです」

男はラークのフィルターを唇の中で転がしてヒロシを見つめた。

「奴からいろいろ仕入れてたのかい」

「たまに」

「何を買ってた」

「スピードとか、アップジョンとか」

「他は」

「買ってません」

ヒロシは目を伏せた。背中に汗がふきでていた。渋谷にでてきたのは失敗だった。

男は薬についてはそれ以上追及しなかった。

「一昨日、ディスコで何あったか知ってるか?」

「いいえ」

「嘘《うそ》つくんじゃねえぞ。おめえいたんだろう。さっきいったじゃねえか」

ミチオがかたわらですごんだ。

「あの、パトカーがいっぱいきてたとこは見ました」

「ああ、そう。で、キヨシがどうなったか知ってるか」

「撃たれて……死んだって……」

「そうなんだよ」

男は息を吐いた。

不意にミチオがとびかかってきた。あっと思うまもなく、ヒロシは両腕をはがい締めにされていた。

男が身をのりだした。

「学生さん、キヨシがなんであんなことになったか、知ってんだろ」

「トボケんじゃねえぞ!」

耳もとでミチオが怒鳴る。

「奴は機関銃でボコスカに穴開けられて死んだんだ。うちの組はよ、今どことも戦争なんかやっちゃいない。だからよ、誰がやったかつきとめなきゃなんねえんだ」

「し、知りません……」

ヒロシはかすれた声でいった。

「そうかぁ？」

男はラークを唇からはがした。

「ま、一服やれや」

火先をヒロシの口にさしこんだ。唇に痛みが走り、ヒロシは思わず吐きだした。髪の毛をつかまれ、頬《ほお》を殴りつけられる。痛みと恐怖に、じわっと涙が浮かびあがった。

「勘弁してくださいよ……。本当に何も知らないんですよ……」

涙声でヒロシはいった。男は返事をせず、囲んでいる若い衆に、

「おう」

と顎《あご》をしゃくった。ひとりが無言で匕首《あいくち》をさしだした。男はそれを鞘《さや》からひき抜いた。

目の前の白い光を、ヒロシは魅せられたように見つめた。

男はそれをヒロシに見せつけたまま、新たな煙草をくわえた。ライターの火がさしだされた。

「喋《しゃべ》っちまえよ、学生さん。さもねえと、一本ずつ指落とすぞ」

煙を口の端から吐きだし、いう。

「あの、あの……。キヨシさん、新しい薬を売っていたんです」

「どんな？」

「丸くて固い、銀色のカプセルに入ってる奴でした……。それで外人の、なんか、お巡りみたいのが『メイプル』まで捜しにきてて……」

一度喋りはじめると、ヒロシの口は止まらなくなった。

4

「センセー！」

不意に声をかけられたときは、それが自分のことだと牧原は気づかずにいた。

「センセーてば、牧原センセー！」

牧原はようやく立ち止まった。渋谷駅の一階構内だった。ふりかえると、制服のスカートを思いきりたくしあげ、膝上《ひざ》のミニにした、東河台の女子生徒がいた。

名前までは覚えていないが、今日うけもった授業にでていた生徒だ。髪を赤茶色に染めており、「生理」だからと見学をしていた。

正規の体育教師が、あとで、

「あの生徒は転校してきたばかりで、いっつも『生理見学』です。まともに授業でたことないですわ。けど、女子生徒だし、注意しづらくてね……」

とこぼしていた。

「何やってんの、センセー。ナンパ？」

明るい顔でその女子生徒はいった。色が白く、制服が高校のものではなくどこかのOLのように見えるほど、大人びた体つきをしている。切れ長でふたえのコケティッシュな目と、ぽってりした唇が妙にアンバランスで、年には不相応な色気を漂わせていた。

「お前さんこそ何してる？」

牧原はいいながら腕時計を見た。午後二時を回ったばかりで、体育の授業こそなかったものの、まだ授業時間の終わる時刻ではない。

「べつにー。ぶらぶらしてるだけ」

両手でもったカバンをうしろに回し、女子生徒は首をつきだしてみせた。

「授業サボッたな」

「いいじゃん。そんなこと」

女子生徒は首をふった。

「そっちから声かけるとは、いい度胸だな。名前は？」

「覚えててよ。未知《みち》、坂本《さかもと》未知。二－E」

牧原は苦笑した。未知にまったく悪びれたようすがなかったからだ。

「あ、意っ外ーい」

「何だよ」

「牧原センセーて、笑うとけっこう優しい顔になんだ。なんかハードボイルドっぽいなあって思ってたんだけど」

「教師をからかってる場合か？　授業サボってこんなとこブラブラして」

「センセー、お茶おごってよ。ついでにクレープも」

牧原の言葉をまったく意に介さず、未知はいった。牧原は首をふった。いったいこれくらいの娘が何を考えているのか、まるで見当がつかない。

「いいか、俺がなんでこんなところにいると思う？」

「イヤダー。牧原センセーって、生活指導なの!?」

「そうさ。東河台《うち》の生徒が、妙なことしてないかチェックしにきたんだ」

「妙なことってなーに？」

未知は牧原に近づいた。挑戦的にみひらいた目でのぞきこむ。

「たとえばぁ、こういうところで、オジさんに声かけてぇお小遣いちょうだいっ、ていうこと？」

「くれるのか、オジさんは」

「只《ただ》じゃくんない」

「じゃあどうする？」

「考えて。センセー」

「お前、からかってんのか」

「うん！」

牧原は大きく息を吐いた。未知はにこにこしている。牧原は頭をがしがしかいた。

「いったい何だってんだよ!?」

「センセーってさ、センセーらしくないんだよね。文部省とかいってたけど、本当？」

「何いってるんだ、お前」

「そうそう、そういう言葉づかいとかさ。慣れてないって感じ」

「じゃあ何に見える？」

牧原はあたりを気にしながらいった。『メイプル』に出入りする若者を含め、それとなく、渋谷周辺の偵察にきたつもりが、妙なことになってしまった。

「そうだねえ。殺し屋！」

牧原は目をみひらいた。

「馬鹿なことというな」

「只者《ただもの》じゃなさそうなんだよなぁ……。でも殺し屋ってわけないしね」

喉《のど》の奥でくっくという笑い声を未知はたてた。

この生徒がもし私服で声をかけてきたら、女子高生とは絶対見抜けないにちがいない
――牧原は思った。

「でもさ、センセーのこと、けっこう評判なんだよ。格好いいって」

「わかった、わかった。ここで会ったことは忘れてやるから、学校戻るか家に帰るか、しろ」

「いやだ」

未知はいった。

「もうちょっとセンセーといるんだ」

牧原は未知を見つめた。

「かわってるな」

「なんで？」

「教師といて楽しいか。お前らくらいの年だと、教師と親ぐらい、いっしょにいたくない相手ってのはいないのじゃないか」

未知はにまっと笑った。

「かわってんの、あたし。でもセンセーだってかわってんじゃん」

「そうか？」

「ふつういわないぜ。俺といたって楽しくないだろうなんて」

「自分がそうだったからな」

「センセー、前どこにいたの？」

「あちこちだ」

「とぼけなくったっていいじゃん」

「身の上話は好きじゃないんだよ」

答えながら牧原は、いつのまにか自分が未知のペースにのせられていることに気づいた。

「とにかくここでお別れだ。今日でも、次に会ったら補導するぞ」

いいはなって、くるりと背中を向けた。

「待った。大事な話、教えてあげる！」

相手にする気はなかった。そのまま歩きだそうとすると、なおも未知がいった。

「うちの生徒がさっきやっちゃんにさらわれたよ」

牧原は立ちどまり、ふりかえった。

「何だと？」

「見たんだ。両方から肩抱かれてさ、連れてかれるとこ。B組の菅野《すがの》って奴」

「菅野？」

「菅野広志《ひろし》。倉沢《くらさわ》の腰ギンチャク」

「倉沢ってのは誰だ」

「そっか。センセー知らないね。あいつずっと休んでるから。うちの番。二年だけど、学校しめてるんだ」

「倉沢、何ていうんだ？」

「洋一。けっこう格好いいよ。足長いし、背高くて」

牧原は首をふった。

「で、菅野広志はどうして連れていかれたんだ」

「そんなのわかんないよ。上のコインロッカーのところでさ、つかまって、青い顔してるのを連れてかれた。さらうっていうんでしょ」

牧原は息を吐いた。

「どこのやくざだ」

「植田会」

「よく知ってるな」

「ドラッグ売ってる連中だもん」

「買ってるのか」

「まさかぁ」

未知は笑った。直感で嘘《うそ》だと知れた。

「わかった。ありがとう」

「待ってよ」

踵《きびす》を返しかけた牧原を未知は止めた。

「まだ何かあるのか」

「助けないの？」

「本当かどうか調べて一一〇番する」

「よしなよ。そんなことしたら、菅野、退学になっちゃうじゃん」

「被害者だろう、菅野は」

「だって理由もなくさらうわけないでしょ。そのへんのこと警察が調べたらアウトだよ」

「じゃどうしろっていうんだ」

「センセーが助けるの」

「俺にやくざの事務所に殴りこめっていうのか」

未知は内緒話をするように声を低くした。

「センセーならできるんじゃない？」

牧原の背を警報が走った。

「何いってるんだ、お前」

「別に。じゃね、明日学校で会うの楽しみだな」

未知はいうと、ふわりとスカートをひるがえし、走りだした。一瞬めくれあがったスカートからのぞいた白い太腿《ふともも》が牧原の目に焼きつく。

牧原は息を吐き、階段をかけあがっていく未知のうしろ姿を見つめた。

(罠《わな》か)

思ったが、すぐに打ち消した。女子高生がいったい何の罠を自分にしかけようとするのか。

それより、植田会というやくざが問題だった。植田会は、殺されたプッシャーが属していた組だ。高校生をさらって何をしようというのだ。

どうやら未知の望み通り、植田会の事務所を訪ねることになりそうだった。

植田会は、関東地方に本拠をもつ広域暴力団の下部組織だった。あがりの大半は、渋谷の飲食店からのみかじめとトルエンや睡眠薬などの密売である。

その事務所がセンター街の雑居ビルにあることも、剣持から受けとったデータで牧原は知っていた。

牧原は植田会の事務所に向かった。教師としてのカバーで着任して三日めで、いきなりやくざの事務所に乗りこむはめになるとはな――牧原は、薄ぎたない六階建てのビルの前に立ち、首をふった。

ビルは、一階がファーストフードの店で、地下にファッションマッサージが入っている。二階、三階が植田会の事務所で表向きは、サラ金の看板がでている。

牧原は丸腰だった。もっとも、やくざを相手に教師が拳銃《けんじゅう》を手にして乗りこんだら、それこそ今後の仕事がやりにくくなる。

エレベータで二階に昇った。下から攻めていくのは、敵を逃がさないための鉄則だ。ビルの出入口が二ヵ所にあることも確認した。片方はエレベータホールに面し、もう片方は階段と接している。

『植田金融』と金文字で記された扉を牧原はノックした。

「はい」

若い男の声が答える。牧原はタートルネックのセーターにジャケット姿だった。扉を押し開いた。カウンターがあり、上っ張りをつけた女が二人と、スーツ姿の男が三人いる。どうやら表看板の方の事務所のようだ。客らしい人間はいない。

五人の男女は無言で牧原を見つめた。

「初めてかい」

やがて男のひとりが口を開いた。商売けのない口調だった。

「あの……水野《みずの》さんはこちらに？」

牧原はいった。水野というのは、剣持から渡された資料にあった、植田会の幹部の名だった。

「水野専務はここにはいないけど、あんた誰？」

男たちの顔に緊張の色が浮かんだ。

「私、剣持モータースという外車のディーラーに勤めております。水野さんに車のことで話を聞かせてほしいといわれてうかがったのですが……」

「ふーん。ちょっと待ってな。あんた、名前は？」

「坂本です」

「坂本さんね。入って待ってろよ」

男は机上の電話機に手をのばした。

「上ですか？」

誰も答えなかった。牧原は待った。もし菅野という生徒がここに連れこまれていれば、それは三階で、出入口には鍵《かぎ》をかけられている筈《はず》だ。とすれば、中から開けさせるのがいちばんだ。

内線がつながったのか、男は牧原のことを話し始めた。もちろん牧原が口にしたのはすべてでたらめだった。水野という幹部が上にいるなら、すぐに降りてきて牧原の顔と目的を確かめにくる。

案の定、男は険悪な表情になって受話器をおろした。

「聞いてねえってよ、何だ、お前」

階段に足音がした。牧原はゆっくりとふりかえった。スーツを着た痩《や》せぎすの男が扉を押し、入ってきた。左手の薬指にごつい指輪をし、小指の先がない。

「お前か、車屋ってのは」

水野はいった。牧原は頷《うなず》き、いった。

「嘘《うそ》ですがね」

「何？」

水野は一瞬、あっけにとられたような顔をした。

「私、実は東河台高校の教師でして、うちの生徒を預かっていただいているというので、迎えにきました」

水野の表情がかわった。

「妙ないいがかりつけんじゃねえよ。何者だ、お前、本当は」

「だから教師ですよ、体育のね」

いって水野に躍りかかった。腕をとり、右肘《ひじ》の関節を瞬間に脱臼《だっきゅう》させた。水野はぎゃっと悲鳴をあげた。

「てめえっ」

カウンターの奥の男たちが総立ちになった。牧原は左腕を水野の首にかけ、うしろに回って盾にした。

「騒ぐな」

「くそっ、何しやが……ったんだ……」

水野は呻《うめ》きながら吐きだした。牧原は右の掌をぴたりと水野の側頭部にあてがった。

「おとなしくしていろよ。首の骨を折るぞ」

「わかった……何が、望みだ。てめえ……鉄砲玉か」

「だからいったろう。菅野といううちの生徒だ」

「上にいる……。今、連れてくる。おいっ」

腕の痛みに脂汗を流し、水野はカウンターの中の男に合図を送った。

「はいっ」

男はあわてて内線番号を押した。早口で相手に事情を説明する。

またたくまに階段に複数の足音がひびいた。血相をかえた男たちが、制服姿の生徒をひきたてるようにして、『植田金融』の事務所になだれこんできた。中のひとりは、トカレフの中国製コピーを手にしている。

拳銃《けんじゅう》をもった部下を見て、水野は少し余裕をとり戻したのかいった。

「お前……こんな真似してただですむと思うなよ。どこの者だ」

「同じ話を何度もくりかえさせるんじゃない」

「ふざけんな！」

水野は叫びをあげた。牧原は容赦なく膝《ひざ》で水野の下腹部を蹴《け》りあげた。水野の体から力が抜け、顔が灰色になった。今にも戻しそうな声を洩らした。

「ふざけていないとわかったろう。菅野！」

恐怖にうなだれていた菅野がはっと顔をあげた。

「外へ出ろ」

牧原は首をふった。

「いかせねえ！」

拳銃をもったチンピラが両手でかまえた。ひっという声をあげ、菅野が立ちすくんだ。

「わからない奴だな」

牧原は舌打ちをした。右手で水野の髪をつかみ、うなだれていた顔をおこした。

「お前の頭の悪い部下に、うちの生徒をいかしてやれといえ」

「だ、誰が……」

水野は濁った声でいった。

「じゃあ死ぬか」

「やれるものなら……やってみやがれ……」

牧原は拳銃をもったチンピラとの距離を目測した。二メートルとは離れていない。しかもこのようすでは、薬室に第一弾を送りこんでない可能性が高かった。

牧原は左腕をふりほどくと、水野の背を思いきりつきとばした。水野は拳銃をもったチンピラに倒れかかった。反射的にチンピラが引き金をしぼった。銃口はあさっての方角を向いていて、しかも弾丸はでなかった。

思った通りだ。水野は床に転がった。チンピラがあわてて遊底に手をかけ、第一弾を送りこもうとする。牧原は大きく一歩めを踏みだし、その胸に蹴りを叩《たた》きこんだ。

チンピラの体がふっとび、カウンターに衝突した。怒号を聞きながら牧原はさらに一歩を踏みだすと、別のチンピラの足を低い蹴りではらった。尻《しり》もちをつく。

次には、最初のチンピラが落としたトカレフをすくいあげていた。遊底をひくと天井に向けて引き金をしぼった。

銃本体に比べ、衝撃を吸収しにくい細身のグリップが、七・六二ミリ弾の固い反動を掌に伝え、牧原は顔をしかめた。扱いよいとは決していえない銃だ。

共産圏の銃は往々にして、大量生産性のみを重視し、精度やバランスは無視されている。

蛍光灯が一本砕け散り、銃声に全員の動きがぴたりと止まった。

菅野がすとんと腰を落とした。口を半ば開き、今にも気を失いそうだ。

牧原は素早く動いて菅野の頰《ほお》を左手で張りとばした。

「目をさませ。這《は》ってでもいいから表へでろ！」

がくがくと菅野は頷《うなず》いた。

「表にでたら、まっすぐ家に帰るんだ。より道をするんじゃないぞ！」

「は、は、はいっ」

蹴とばされた子犬のように菅野は『植田金融』の事務所をとびだした。

扉が閉まり、階段を転げ落ちそうな速度で降りていく足音が遠ざかった。

「さて、と」

牧原はうずくまっている水野に目を向けた。水野はごくりと喉仏《のどぼとけ》を動かした。

「こ、殺す気か」

「あんた次第だな」

牧原はにやりと笑った。

「何者だか知らねえけどな、俺を殺ったら、関東桜井会を敵に回すことになるんだぞ……」

関東桜井会というのが、植田会の上部組織である広域暴力団だった。

「そうか。あんたとサシで話がしたい。ちょっと外にでようか」

「表で俺を殺すのか」

「そんな気はない。安心してくれ。でるときにはこの銃も返してやる」

「ほ、本当か」

「ああ」

牧原は頷いた。殺してもかまわなかったが、もう少し情報をとりたい。

「じ、じゃあ、つきあうか」

部下の手前もあり、水野は虚勢をはった。

「立てよ」

手下の力を借り、水野は立ちあがった。右腕はだらりと垂れさがっている。

「先に出てエレベータのところで待っていてくれ」

水野は牧原の言葉にしたがった。

牧原はトカレフから弾倉を抜き、薬室の一発も抜いた。拳銃本体を呆然《ぼうぜん》と見守っているチンピラのひとりに投げた。

「弾丸はエレベータの中においといてやる。あとで拾え」

事務所をでた。水野はエレベータの箱の中で、「開」のボタンを押しながらぐったりとよりかかっていた。追ってくる者はいなかった。

牧原はエレベータに乗りこんだ。一階を押し、扉が閉まる。

「あんた、すげえ腕だな……」

水野がつぶやいた。

「本当に学校の先生なのかよ」

「ああ。そうだ」

いいながら牧原は弾倉の中に残っていた七・六二ミリ弾をエレベータの床に一発ずつ

はじきだした。

　それを終えると、水野の右肩をつかんだ。水野の顔に怯《おび》えが走った。

「殺る気かよ、やっぱり！」

「ちがう」

　右肘《ひじ》の関節をはめこんだ。ぐわっと水野はわめいた。

　エレベータが止まり、扉が開いた。

「外を歩きづらいだろうと思ってな……」

　牧原は水野を伴って、目についた喫茶店に入った。コーヒーをふたつ注文する。水野は牧原の真意を探るような視線を向けていた。

「腕はどうだ」

　煙草に火をつけ、牧原は訊《たず》ねた。

「大丈夫だ。まるで何ともねえ。さっきまでの痛みが嘘《うそ》みたいだぜ」

　水野はいい、首をふった。

「もしあんたが本物の先公なら、いい度胸だ」

「どうして？」

　牧原は煙を天井へ向け、吹きあげながらいった。昼下がりのセンター街にある喫茶店は、ちょうどよく混んでいて、ふたりの会話を気にとめる者はない。

「だってよ、今ごろうちの者が俺たちを探してるぜ。応援も頼んでよ」

「何のために」

「決まってるじゃねえか。あんたに焼きを入れるためさ。カタギにやくざが小突き回されたとあっちゃ、末代までの恥だからな」

「えらく古くさい言葉を使うじゃないか」

牧原は苦笑した。

「教えてほしいことがあるのさ」

牧原がいうと、水野は警戒したように身をひいた。

「何だよ」

「今日、うちの生徒さらったのは、このあいだのディスコでの殺しに関係があるのだろ」

水野はすぐには答えなかった。

「――だったらどうだってんだ」

「俺も一応、教師という立場なんで、生徒が妙な薬に手をだすのは困るわけだ。それ以外のことでは、あんたたちに文句をつける筋合いはない。だから教えてほしい。殺されたおたくの売人だが、あの晩、どんな連中に薬を売った？」

「そんなこと俺が知るわけねえじゃねえか」

水野は語気を荒げた。

「なんだと」

牧原は水野をにらんだ。とたんに水野は青くなった。

「おっと、おっと。怒るなよ、先生。俺たちはよ、現場でプッシャーがどんな客に薬を売ってるかなんて、いちいち気にしてねえんだ。本当さ。だってヤバイじゃねえか。そんなことしていたら、万一、プッシャーがパクられたときに知らねえじゃすまなくなる」

「なるほど。うちの生徒をさらった理由は何だ」

「それは、あれだよ。かりにも組員が殺されたとあっちゃ、ほってはおけねえからよ。事情を聴取してたんだ」

「刑事みたいなことをいうじゃないか」

牧原はいって水野を見つめた。水野はため息をついた。

「何だかわからねえが、あんたは並みの先公じゃねえ、本当だったら口が裂けてもカタギにこんな話はしねえんだが、あんたには隠しても無駄って気がするから話しちまおう」

さすがに東京有数の盛り場を縄張りにするやくざだけあって、水野は鼻が利くようだった。牧原の正体に気づいていないにせよ、どんな種類の人間であるかを嗅《か》ぎわけていた。

「――あの晩、殺されたうちのプッシャー、キヨシってんだが――どうもいつもうちが扱ってるのとは別のドラッグを捌《さば》いていたらしいんだ。そのドラッグが何なのか今のとこわからねえし、キヨシがどっから手に入れたのかも調べさせてる最中だ。ただ、キヨシを殺った野郎らの中に、外国人もいたって話だ。だから俺たちとしちゃ、新しいディーラーが入りこんできてるんじゃねえかと思っている」

「そのキヨシが捌いていたドラッグの効果については聞いてないか」

牧原は緊張を覚えながらいった。水野は首をふった。

「いや。だけどよ、あんたが迎えにきたあのガキは、キヨシの常連客だった。奴はびびって、うんとはいわなかったが、ひょっとしたら奴もあの晩、キヨシからそのドラッグを買っていたのじゃねえかと、俺はにらんでる」

「菅野が——」

牧原は、ついさっき、腰を抜かしそうなほど怯《おび》えていた東河台の生徒の顔を思い浮かべた。あの生徒が『ナイトメア90』を飲んでいるというのか。もしそうなら、あれだけの恐怖や緊張にさらされれば、効果が表れない筈《はず》はない。

あるいは所持しているだけで、まだ服用していないのかもしれない。

「他にキヨシの客だった人間を知らないか。うちの生徒以外でも」

牧原がいうと、水野は目を細めた。

「あんたまさか、麻薬取締官《マトリ》じゃねえだろうな」

「ちがう。本物の教師だ」

「それが囮《おとり》ってこともあるだろう」

「心配するな。本当の俺が何だろうと、お前を刑務所に送りこむようなことは考えちゃいない」

「本当だな」

念を押すように水野はいった。

「約束する」

「信じるぜ。キヨシの客は、あのディスコにくるガキが多かった。おたくの高校、東河台っていったっけ、そっちの生徒や、あとはこのあたりでのたくってる、高校を中退したガキどもだ」

「そのあたりで顔をきかしている奴はいるか」

「そうさな。ああいうガキは、自分らで勝手にチームを作っちゃ壊し、作っちゃ壊ししているが……」

水野は考えこんだ。

「思いあたるのはふたりってとこだ。俺が見ても、けっこう度胸がありそうで、組にひっぱっても悪かねえと思ってる奴らだが」

「誰と誰だ」

「ひとりはおたくの生徒だ。名前は知らねえが、さっきの小僧がいつも金魚のフンみたいにくっついて歩いてる。もうひとりは、武《タケシ》ってガキだ。センター街の入口のところにあるゲームセンターを根城にしてて、いつも子分とたむろっているぜ」

「その武もキヨシからドラッグを買っていたのか」

「ああ、アップジョンをよく買ってた。女をコマすのに使ってたみてえだ」

水野は頷《うなず》いた。

「わかった。いろいろすまなかったな」

牧原はいい、コーヒーの伝票をつかんで立ちあがった。

「待った」

水野は牧原の手をつかんだ。牧原はゆっくりと見おろした。

「何だ」

「そう、おっかねえ顔すんなよ。コーヒー代は俺がもつ。それと、もし先生がアホらしくなったら、いつでもうちの組にこいや。あんたみてえに腕がたつ人間なら、今の十倍だって稼げるぞ」

「――考えとこう」

牧原は答え、水野の手を外した。

「だがコーヒー代は俺が払うことにする。教師がやくざにお茶を奢《おご》られたとあっちゃ、末代までの恥だからな」

水野は鼻白んだ。が、牧原はそれを無視し、レジの方に歩いていった。

5

ヒロシは勉強部屋に閉じこもっていた。お手伝いが夕食に呼びにきても、鍵《かぎ》をかけ答えなかった。父親が単身赴任しているロンドンに、今、母親もでかけている。だから家の中には、ヒロシとお手伝いのふたりしかいない。

そのお手伝いも八時には帰る。きっと冷たくなった夕食をキッチンにおいて帰っていくだろう。

ヒロシは怯えていた。最悪だった。やくざにおどされた上に、新任の教師にまでそれがばれてしまったのだ。

あの教師、確か、牧原とかいったが、今ごろ病院に違いない。さもなけりゃ警察だ。どちらにしろ、自分は終わりだった。

この次、また植田会のやくざに見つかれば、半殺し、下手をすると本当に殺される。そうでなければ、警察から呼びだしをくらったあげく、退学だ。

退学になれば、ふだんのヒロシの素行を大目に見てくれている両親も怒り狂うにちがいなかった。せっかく、女の子にもてる名門の東河台高校に入ったのに、これで自分の人生は目茶苦茶だ。

ヒロシは部屋の明りをつけず、マンションの十階にある自宅の窓から、東京の夜景を見つめていた。渋谷のネオンが、ちょうど二キロほど先で、夜空を青っぽく漂白している。

ヒロシはいく度もため息をついた。最低だった。すべては、あの夜『メイプル』に顔をだしたために起こったのだ。ヒロシはこれからどうしていいかわからず、相談しようと、何度も洋一に電話をかけていた。が、洋一は自宅にもおらず、携帯電話は電源が切られたままだ。

「くそッ」

ヒロシは机を拳《こぶし》で殴った。灰皿代わりの空き缶が倒れそうになる。そして、そのかたわらに銀色の卵型をしたケースがあった。

植田会の事務所をとびだしたヒロシは、無我夢中で走った。気づくと渋谷駅の雑踏の中にいて、目の前にこれを隠しておいたコインロッカーがあった。

とにかくどうにかしなければ、とロッカーを開け、中にあったこのケースをポケットに押しこんでタクシーにとび乗ったのだった。

植田会のあのやくざは、この薬のことを知りたがっていた。キヨシが殺されたのも、この薬のせいなのだ。きっと、よほどすごい効き目がある薬にちがいない。

ヒロシはケースをつかんだ。つるんとしていて、どこが蓋《ふた》なのかもよくわからない。

窓からほうりだしてやろうか。だがその前に、ひと目、どんな薬なのかを見ておきたかった。

ケースを開ける方法を見つけようと、ヒロシはいじりまわした。ケース自体は、アルミやジュラルミンのような合金でできているようで、しかもずっしりとした重みがある。

ひょっとしたら十階の窓から投げても壊れないのでは、と思える頑丈さだった。試しにヒロシはケースを机の角に叩きつけてみた。鈍い音がするだけで、凹みも何もできない。

キヨシはこれをどう開けるかすら教えてくれなかった。ヒロシは掌に握りしめたまま、ぼんやりとケースを見つめた。

不意に小さな震動が伝わってきた。ヒロシはびっくりしてケースを離した。まるでこの銀色の〝卵〟の中で、何か小さな生き物が孵化《ふか》しようとでもしているかのようだ。机の上に落ちた〝卵〟は小刻みに震えていた。いったい何が起こったのだ。まさか爆発をするんじゃ——ヒロシは思わず立ちあがった。

そのとき、ケースがふたつに割れた。上から三分の一にあたる位置で、まるで傘が開くように〝卵〟の殻がぱっくりともちあがったのだ。

震動は止まった。

〝卵〟の中は、小さな電子部品が詰まっていた。時計とわかるデジタル表示もある。が、さしている時刻は、まったくずれていた。外国製だとすると、作られた場所の時間に合わされているのかもしれない。

そして、電子部品に包まれるようにして、ラシャを張った空間があった。そこに、紫色をした少し大きめのカプセルがひとつ入っている。カプセルはぴっちりとはめこまれるようにして穴に刺さっていた。

これがその薬なのだ。

ヒロシは指先でカプセルをつまみあげた。とたんに、デジタル表示が瞬き、びくっとした。並んでいる赤い窓が、いっせいに『ゼロ』にかわったのだ。そしてカプセルがケースから外れた瞬間から、あらためて時を刻み始めた。まるでストップウォッチのようだった。

ヒロシはそれを見つめた。今、デジタル数字は、ヒロシがカプセルを手にとってからの時間経過を『22』秒と刻んでいる。

ヒロシは掌にのせたカプセルと、ぱっくりと開いたケースを見比べた。まったく見たことのない容器で、見たこともない薬だった。だが、これのために自分は破滅させられそうになっているのだ。いったいどんなすごい効き目があるのだろう。どうせ破滅するのなら、薬を試してみたっていっしょだった。

毒薬だとは思えない。毒薬だったら、あの晩、キヨシから薬を買った連中がばたばた死んでもおかしくはないのだ。そんな噂《うわさ》は聞いていない。

ヒロシはカプセルを口に含んだ。飲みかけのコーヒーカップを手にとった。どうせ終わりなんだ。思いきり、ぶっとんでやる。

ぬるくなったコーヒーでカプセルを飲み下した。

6

牧原は再び渋谷にいた。水野と別れてから、一度学校に戻り、帰宅したあと、出直してきたのだった。

調査は、夜になってからが本番だ、という気がしていた。キヨシから薬を買っていた連中は、この街で夜を中心に動きまわっている手合いだ。

ただ、牧原にはひとつだけ腑《ふ》に落ちないことがあった。『メイプル』で『ナイトメア90』が売られてから、既に四十八時間近くが経過していた。なのに、『ナイトメア90』の服用効果と見られる事件が何ひとつ起きていないのだ。街頭で凶暴化し、人を襲ったという、人面熊や人面トカゲの話などまるで聞こえてこない。

あるいはとうにどこかで、そういった血なまぐさい事件が起こっているにもかかわらず、この大都会の雑踏は、それらをすべて呑《の》みこみ、まるで何も起こらなかったかのように流れているのだろうか。

牧原は渋谷のハチ公前に群がる人混みの中にいた。十代、二十代、三十代、さらにそれより年のいった者。男、女、ゲイ、レズビアン。さまざまな年齢と職業、そしてばらばらの服装をした人間たちで溢《あふ》れかえっている。

その誰もが、自分以外には無関心げで、よそよそしい顔つきをし、しかしどこか物欲し気な目をあたりに向けている。

(こいつらにとっては、自分以外の誰が死のうが生きようが、さしたる問題ではないのだ)

牧原はそう思わずにはいられなかった。『ナイトメア90』によって、怪物と化した人間が現れ、何十、何百という生命を殺戮《さつりく》しようと、それが自分でない限りは、あくまで単なる〝できごと〟にすぎないにちがいない。

　プロの兵士にとり、戦場における、〝生〟とは、〝死〟ではない状態に他ならない。そして〝生〟と〝死〟は、いつでも、誰であろうと、それが入れかわる可能性をもっている。

〝死〟を意識しない〝生〟などありえないし、その意識は、連日、いや一秒一秒のときの流れの中に、確実に存在しているのだ。

　この一見平和な雑踏では、〝生〟は常にあたり前の現象として存在している。〝死〟や〝病い〟といったものは、この世界ではうけいれられず、存在することすら、忘れるよう強《し》いる何かがある。

　すべての光、音、空気は、生きる者、健康な者のためにのみあるのであって、老いた者、病んだ者は、自ら歩み去るか、捨ておかれ立ち去られるか、そのどちらかで、決してこの世界に参加することができない。まして〝死〟など、たとえ存在したとしても、誰の目にも見えず、誰の耳にも聞こえない。見ようとせず、聞こうとしない。

　牧原は、嫌というほど〝死〟を見た。〝死〟を聞いた。そして、〝死〟に触れ、〝死〟を嗅《か》いだ。〝死〟の味をあじわった。ついには、五感だけでなく、第六感で〝死〟を感じとることができるようになった。

　優秀な兵士とはそういうものなのだ。

　どれだけ戦闘に長《た》けていようと、死んでしまえば、その兵士は優秀ではない。単なる数に過ぎなくなる。

兵士は生きのびてこそ、その優秀さをうたわれるのだ。

生きのびるためには、〝死〟を感じることが不可欠だった。行く手に、〝死〟が待ちうけていることを予測し、コースをかえ、あるいは装備をかえ、ときには作戦そのものを中止することによって、牧原はいく度となく、〝死〟の腕《かいな》から脱出してきた。

が、この街では、その第六感はとても役立ちそうになかった。〝死〟に対するアンテナは、何ひとつ受信しそうになかった。

つらい戦いになる、と考えざるをえなかった。

戦いに負ければ、やはりそこには〝死〟が待ちうけているだろう。だが、牧原の〝死〟は、戦場以外に誰からも見とられることなく、悼《いた》まれない。ただの〝できごと〟として、日常に埋没していくだけだ。

牧原は覚悟し、そしてわずかに臆《おく》した。ここは中東でも東欧でもアフリカでもない。しかし今の牧原にとっては、最も危険な戦場であるかもしれなかった。

戦闘機乗りが地上で無力なように、牧原はこの東京で無力かもしれなかった。魚雷手が海面で不安なように、牧原はこの東京で不安だった。

だが――。

戦闘は始まっているのだった。牧原が今しなければならないのは、その前線がどこであるかを知ることだった。どこにいけば、弾丸がとびかい、砲弾が炸裂《さくれつ》し、血が流されているかを確かめることだった。

まさしくそれは、夜間戦闘《ナイトコンバット》だった。

牧原は、水野から聞いたゲームセンターに足を踏みいれた。時刻は、午後十時にあと数分と迫っている。

その夜、牧原は戦闘を意識していた。コンバットナイフをふくらはぎに、SIGザウエルの九ミリオートマティックを腰に装着していた。米軍からは、M16の特殊部隊仕様、コルト・コマンドXM177の提供もうけているが、今日は宿舎である神南のマンションにおいてきている。防弾チョッキも着用していない。相手が銃を使う兵士ならともかく、変型をとげた牙《きば》や爪《つめ》を武器にするナイトメア《悪夢》では、意味がないからだ。

ゲームセンターは、入口から中ほどまでが、若いサラリーマンやアベックなどのふつうの客で占められていた。その奥に、まったく異質の集団がいる。このふたつのグループは、互いの存在をまったく干渉しあっていないように見えた。

牧原の服装はタートルネックのセーターにスラックス、そしてブルゾンというでたちだった。ブルゾンには、銃やナイフ以外の、〝小道具〟をおさめてある。そして、解毒剤『ウェイカー』の射出器も入っていた。

牧原はアベックなどの一般客をやりすごし、奥へと進んだ。

最奥部のゲームマシンを囲むようにして、その集団がいた。年齢は十六歳から十九歳くらいまでで、ほとんどがジーンズをはき、トレードマークと覚しい赤いバンダナを、額に巻いたり、首にかけたりしている。そしてまるでアクセサリーのようにバタフライナイフを腰に吊《つ》るしていた。

「チッ」

目の前にそうした集団のうちのふたりがいた。そのひとりが「GAME OVER」と表示のでたテレビゲーム機をひら手で叩いた。十七くらいだろう。

「なあ」

牧原が声をかけると、ふたりがふりかえった。無遠慮な視線を向けてくる。

「武って、お兄ちゃん知らないか」

「なんだ？」

もうひとりの、太い腕を袖《そで》を切ったジージャンからだした若者がいった。肩口に刺青をいれている。十九くらいで、ボディビルをやっていると覚しい体つきをしていた。

「おっさん、チーフに何の用があんだよ」

牧原は微笑《ほほえ》んだ。

「そうか、武くんはチーフか」

「チーフの知りあいか？」

「いや。これから知りあいたい」

牧原は首をふった。

「おっさん、デカか」

もうひとりの少年が口を開いた。

「ちがう。教師だ、一応」

いったとたん、ふたりの少年は顔を見合わせ、爆笑した。

「先公だとよ！」

体を折り、よじって笑い転げる。

「先生ってのがそんなに面白いか」

「いや……。けどさ、先公がチーフに用があるって、すげえ傑作じゃん」

牧原は肩をすくめた。

「いいよ。わかった、こっちこいよ」

刺青のでぶが笑いながら牧原の肩を叩いた。

「チーフに会わしてやらあ」

相棒に目配せをする。

牧原は、奥のトイレのわきにある裏口へと誘われた。

「この裏だよ」

狭い袋小路だった。ゴミ袋を溢《あふ》れさせたポリバケツが積まれている。

牧原は袋小路に入った。四方を、ビルの壁が塞《ふさ》いでいた。

「ちょっと待ってな」

でぶは相棒をそこに残し、ゲームセンターにひっこんだ。

相棒は所在なげに壁に片足をかけた。マルボロを胸のポケットからとりだし、口にくわえる。牧原を意識した、わざとらしい仕草だった。

ロウマッチをブーツの底にこすりつけ、火を点した。

「お待たせえ」

でぶが戻ってきた。うしろに四、五人の集団を率いていた。

「君らのどれが武くんかな」

「わりい。チーフでかけちまってさ」

でぶは頭をかいた。見張り役の少年がバタフライナイフを抜いた。光が手の中で回転し、止まると刃先が牧原の腹を狙《ねら》っている。

「さて、おっさん。チーフに何の用があるのか、喋《しゃべ》ってもらおうじゃねえか」

でぶが腕を組んだ。

「大胆だな。もし俺が刑事だったらどうするんだ」

牧原はいった。

「関係ねえよ。ぶっ刺しゃいっしょ」

ナイフを手にした少年は低い声ですごんだ。目に暗い熱っぽさがある。

牧原は首をふった。

「君らと話しあわなけりゃ、武には会えないってわけだ」

「そういうこと。財布だせよ」

　でぶが口調をかえた。

「財布を見せたら武に会わせてもらえるのかな」

「馬鹿こいてんじゃねえぞ、オヤジ！　うだうだいってるとぶっ刺すぞ、こらあ」

　ナイフの少年がかん高い声で叫んだ。牧原はため息をつき、首の骨を鳴らした。今日は一日じゅう、荒っぽい仕事と縁があるようだ。

　牧原は懐に手を入れた。SIGをひき抜く。少年たちの目がまん丸くなった。

「兄ちゃん、嘘《うそ》ついて悪かった。教師ってのは口からでまかせだ。こいつがオモチャじゃないことを今から誰かの体で証明してやるから、そうしたら武のところに連れていってくれるか」

　少年たちが後じさった。

「う、嘘だろ……」

　でぶがつぶやいた。蒼白《そうはく》だった。

　牧原は無言で腕をのばした。でぶの首をつかみひきよせる。

「オモチャだよ……。モデルガンに決まってらあ」

　ナイフの少年がうわ言のようにいった。牧原はポリバケツに向け、無造作にSIGの引き金をひいた。銃声が轟《とどろ》き、バケツの横腹と中のふくらんだゴミ袋がはじけた。

　次の瞬間、わあっという叫び声をあげて、少年たちは逃げだしていた。あとに残ったのは、牧原に首をおさえられたでぶだけだ。

袋小路での銃声は、ゲームセンターの電子音にかき消された。銃口を下に向け発砲した場合、拳銃《けんじゅう》はさほど大きな音をたてないものだ。

でぶの体が小刻みに震えていた。

「納得したか」

牧原はでぶの耳に囁《ささや》いた。でぶはがくがくと首を上下させた。今にも失禁しそうなほど怯《おび》えている。

「小便もらすと恥ずかしいぞ」

「か、勘弁してください……」

でぶは泣き声をもらした。

「勘弁してやるよ。武のいるところに連れていってくれたらな」

「チ、チーフは、本部にいます」

「本部ってのはどこだ？」

「この近くのマンションです。皆んなで借りてんす」

「よし、じゃあそこへいこう」

牧原はでぶの肩を叩いた。

「途中でずらかろうなんて気はおこすなよ。これだけでかい体なら、俺は外しっこない。道のまん中でも、お前の背中をぶち抜くぞ、わかったな」

「は、はい」

でぶは頷《うなず》いた。滝のように汗を流し、その匂《にお》いが強く牧原の鼻をついた。

牧原はＳＩＧをブルゾンの内側におさめた。でぶの背を押す。

ゲームセンターに戻った。チームのメンバーはひとり残らず消えていた。

牧原はでぶの肩に手をかけたまま、ゲームセンターをでた。

「どっちだ?」

「左っす」

ゲームセンターをでて、五分ほど歩いたところに、細長い白塗りのマンションがあった。地下にファッションマッサージの店が入っている。

牧原はでぶと、狭いエレベータに乗りこんだ。

「何階だ?」

「は、八階っす」

「押せ」

でぶの震える指が『8』のボタンを押した。エレベータの扉が閉まった。

牧原はでぶの背後に立っていた。ブルゾンから『ウェイカー』の射出器をとりだし、カートリッジをセットした。あとは目標に向け、引き金を引くだけだ。

エレベータが八階で止まった。

「先にいけ」

ワンルームタイプの部屋ばかりを集めたマンションのようだ。狭いわりにはドアの数が多い。

ふたりは蛍光灯の点った廊下を歩いた。すぐ隣りに建つビルの壁が、手をのばせば届くくらいの近さにある。

『八〇四』と記されたドアの前で、でぶは立ち止まった。怯えた顔で牧原をふりかえる。

牧原は顎《あご》で合図した。

左手に射出器をもち、右手にSIGを握った。

でぶがノックした。誰も答えない。逃げた少年たちから知らせが届いているにちがいない。

でぶはさらにノックした。

「開けてくれよ、マンモスだよ」

途方に暮れたようにでぶは牧原を見やった。

「武はずっとここにいるのか」

「チ、チーフは、なんか体の具合がよくないって、きのうから寝てるんです」

「ひとりでか」

「いや。あの……マリって女がいっしょっす。チーフの女で……」

牧原はでぶの体を押しやった。ノブをつかんだ。

「開いてるじゃないか」

「ほ、ほんとだ……」

ドアはゆっくりと内側に向かって開いた。中は暗かった。

ドアが開いた瞬間、牧原は即座に嗅《か》ぎなれた強い匂いが流れだしたのに気づいた。

血だ――。

その一瞬、でぶから注意がそれた。

「チーフ！　チーフ！」

でぶが金切り声をあげ、部屋の奥へと突進した。

「よせ！」

牧原は叫んだ。遅かった。でぶは転げるように部屋に入りこんでいた。

牧原は舌打ちし、あとを追った。ドアを閉める。

入ってすぐに細長い廊下があり、一枚のしきり戸があった。でぶがそこを開いた。

「チーフ――」

でぶの言葉がとぎれた。牧原はさっと射出器をかまえた。

が、すぐにおろした。

Tシャツにブリーフ姿の若者が、でぶと向かいあうようにして立っていたからだ。

人間の姿をしている。ナイトメアではない。

「――なんだよ」

若者は低い声をだした。

「エル飲んで頭痛えんだ。さわぐなよ……」

奇妙だった。血の匂いはさらに強くなっている。

「それどころじゃないすよ、チーフ。こいつが――」

いいかけ、奥の部屋に踏み込んだでぶが、ひっと息を呑《の》んだ。

「な、なんすか、これ……」

次の瞬間、なにかが暗い部屋の奥からするするっとのびてきて、でぶの首にからみついた。

でぶの体が水平に宙をとんだ。部屋の奥の闇《やみ》に呑まれる。湿ったタオルを叩くような音がした。

若者がゆらり、と牧原の方に踏みだした。部屋の中で何が起こっているのか、若者の体にさえぎられ、牧原には見えなかった。

「あんた、何だよ……」

ろれつの回らない声で若者はいった。

「武だな。マンモス！　おい、マンモス！」

牧原はいって、でぶを呼んだ。返事はない。牧原の背すじを悪寒が走った。この部屋の奥に何かがいる。

武は壁に手をついて、牧原を通せんぼした。

「勝手に人ん家《ち》にあがってくんじゃねえよ……」

「なにか薬を飲んでるな」

「エルだよ。バッドトリップしちゃってさ、調子悪くって」

「L・S・Dか」

「そう、マリが怪物になっちまった」

武の唇に薄笑いが浮かんだ。

「どけ」

牧原はSIGをふった。だが武はそれが目に入らなかったかのように首をふった。

「いやなこった」

そのとき、部屋の奥の闇から、何か細長いものが床の上をすべってきて、武の足を回りこみ、牧原の足首に巻きついた。

「ほらきた、ほらきた」

武が嬉《うれ》しそうにいった。

「今、あんたの足んとこにいるよ。あんたもみえるとおもしれえんだけどな」

「馬鹿っ」

牧原はどなった。すさまじい力で足をすくわれた。牧原は床に背中を叩きつけ、息を詰まらせた。足首に巻きついているのは、吸盤をもった、タコの触手のようなものだった。色はまっ黒だ。左手から射出器が落ちた。

牧原の体がひきずられ始めた。

「あ、おもしれえ、おもしれえ」

武が笑った。L・S・Dで完全に飛んでいる。起きているできごとを、すべて自分の幻覚だと思いこんでいるようだ。

牧原の体は廊下をひきずられ、奥の部屋にひっぱりこまれた。

吐きけをもよおすほどの強い血の匂いがした。牧原は息を呑んだ。

八畳ほどの部屋いっぱいに、血と、人間の手足が散らばっている。でぶの首が逆さにころがっていた。まるで化け物が、食いあさったエサをそこらに投げだしたかのようだ。散らばっている死体の数もひとつやふたつではない。中に、あのナイフをふりまわしていた少年の目をみひらいたままの上半身もあった。胸のすぐ上からふたつに切断され、下半分がどこにあるかはわからない。

そして、それが奥のベッドの下にいた。ベッドの上ではなく、下だ。

まっ黒の、形のはっきりとしないものがうごめいていた。ただ、数本の触手がそこからはみだして、一本一本が別個の生き物のように室内を動き回っている。

牧原は部屋の中ほどまでひきずられていた。床のカーペットがじっとりと血で湿っている。

それを見た瞬間、牧原の右手は自動的にSIGの引き金をしぼっていた。たてつづけに九ミリの銃弾をそれに向け、叩きこんだ。

ビシャッビシャッという音がした。ベッドの金属製の枠を銃弾が削り、火花が散った。

牧原をひきずる力は止まらない。人間ならばとうに絶命するほどの銃弾をくらいながら、それはいっこうに弱まる気配を見せず、牧原をひっぱりこもうとしていた。

天井のあたりをさまよっていたもう一本の触手が、シュルッという音をたててとんできた。牧原の右手首にからみつく。

「くっ」

牧原は呻《うめ》いた。吸盤の力はなみたいていではなかった。むきだしの皮膚が破れるほどの強さだ。

牧原は上半身を折り曲げた。ベッドの下のそれまで、あと一メートルとない。

牧原は、それの目を見た。形状のはっきりしないそれに、はっきりと人間の目とわかる、ふたつの裂けめがあった。まるで何かに驚いたようにいっぱいにみひらかれ、牧原の方を凝視している。

牧原の左手がふくらはぎに留めたコンバットナイフを引き抜いた。

ナイフを一閃《いっせん》させ、右手の自由を回復した。切断された触手は、血の一滴をも流すことなく、牧原の右手にぶらさがった。

ＳＩＧが残りの銃弾をありったけ吐きだした。それの、牧原の足首にからんでいた触手がはじけ飛んだ。

別の触手がおそいかかってきた。牧原は床を転がってよけた。

でぶの、まん丸く開かれた生首の目と、目があった。

牧原は素早く立ち上がった。触手にはともかく、本体にはまるで銃弾は効果がない。戸口によりかかり、ぼんやりと見おろしている武に突進した。

「どけっ」

武をつきとばした。その瞬間、新たな触手が牧原の首にからみついた。

牧原は思わず右手を触手にかけた。ぬばっとした感触があった。そしてとてつもない力で絞めあげてくる。

牧原の口から唸《うな》り声がもれた。左手と背筋の力をふりしぼった。弾力性のある触手をひっぱった。

『ウェイカー』の射出器が、玄関のすぐそばに落ちている。

左手のナイフを首にからみついた触手にかけた。とそのとき、ナイフがもぎとられた。

牧原ははっとしてふりかえった。

虚ろな笑いを浮かべた武が両手でナイフをつかみ、立っていた。

「食われちまえよ、おっさん」

ぼんやりと武がいった。

「くそ」

牧原は歯がみした。吸盤が今にも喉《のど》を裂きそうな激痛をもたらしている。絞めつける力がさらに強くなり、顎《あご》をひいて逆らっても、牧原は、じわりと視界が黒ずんでくるのを感じた。

牧原は手をのばした。が、『ウェイカー』までは、まだ二メートル以上ある。さらに喉が絞まり、牧原は呼吸できなくなるのを感じた。急速に脳の酸素が欠乏し、手足から力が抜けていく。

意識を失いそうになったときだった。

不意に触手が牧原の首を離れた。牧原はひざまずき、喘《あえ》いだ。涙でぼやけた視界に、触手が武に向かっていく姿がうつった。

武は牧原のコンバットナイフを手にしていた。先端で触手の根もとをつつき回している。

触手が武のナイフにからみついた。それは、なぜだかわからないが、武を傷つける意志はないようだ。

チャンスだった。

牧原は『ウェイカー』にとびついた。

触手は武の手からナイフをとりあげたところだった。同時に笞《むち》のようにナイフをつかんだまま、牧原におそいかかってくる。

牧原は狭い廊下で身を低くして触手をよけた。コンバットナイフの切っ先が牧原のブルゾンをかすめ、肩の部分が裂けた。

ベッドの下の本体からは牧原の姿は見えない。なのに触手は、牧原の位置を正確につかんでいるようだ。

牧原は射出器をかまえ、ためらった。『ウェイカー』を触手に撃ちこんでも、はたして効果があるかどうか不安だった。

さらに新しい触手がずるずると廊下に這《は》いこんできた。

牧原は一か八かの攻撃にでた。触手を踏みこえ、武に組みついた。

触手は、武の存在をまったく無視していた。

牧原は武の首に左腕をかけた。

はがい締めにする。

「何するんだよ、おっさん」

武が虚ろな声でいった。触手がさっと鎌首をもたげた。

牧原は武の体を盾にした。

「目を覚ませ！　こいつはL・S・Dの幻覚なんかじゃない！　本物の化け物だ。お前の仲間を食っちまったんだぞ」

「馬鹿いってんじゃねえよ」

武はケラケラと笑った。牧原は武を激しく揺さぶった。

「いいか！　よく見ろ！　そこにころがっているのはすべて本物だ。本物の死体なんだ」

「よせよ。マリが本物の化け物になった、つうのかよ」

武は弱々しく牧原の手をふりほどこうとした。

「武！　マリに呑《の》ませたんだろう、キヨシから買った薬を――」

「そうだよ……。俺はエルの方が好きだけどよ。マリが試してえつったんだよ」

「それがこれなんだ。わかるか、その薬はマリを化け物にしたんだよ」

「やめろって、おっさん。そんなわけねえだろ」

「じゃあ、なんでこの化け物は、お前だけを殺さない。あとの連中は皆んな八つ裂きにされてるのに、お前だけを生かしておいてるんだ!?」

「わかるわけねえだろ」

ふてくされたようにいった武の頬《ほお》を、牧原は射出器を握った右の拳《こぶし》で殴りつけた。

「痛え」

「いいからよく見てみろ、マリがベッドの下にいる」

化け物の本体に『ウェイカー』を撃ちこむためには、武の協力が不可欠だった。ベッドの下に化け物がいる限りは触手からの攻撃をよけて命中させるのはひどく難しい。

「マリを呼べ。叫ぶんだ！」

「うるせえな……。マリ、マリ――」

武はなおも牧原の手をふりほどこうとしながらいった。

ずずずっという音がした。ベッドがもちあがる音だった。まるで蓋《ふた》が開くように、ベッドが上方に向かってもちあがってくる。

牧原は武の体を盾にしながら体の位置を用心深くかえた。

今では触手のすべてが、牧原と武を狙《ねら》っていた。その数は十七、八本ある。ゆらゆらと揺れながら、その先端をふたりに向けているのだ。ときおり、音もなくのびてくる一本がある。そのたびに牧原は武の体を盾としてつきだした。

そうすると触手は、さもくやしげに素早くひっこむのだった。

牧原の背を冷たい汗が流れていた。死への恐怖からではなかった。これまでに遭遇した経験のない、異形のものへの恐怖からだった。そしてありきたりの人間を、こんな怪物にかえてしまう『ナイトメア90』のおそろしさを、今本当に味わっているのだった。

ベッドが完全にもちあがった。ナイトメアの本体が姿を現した。

目をのぞけば、そこにはかつての人間の姿を思わせる付属物は何ひとつなかった。アメーバのように流動的で定形をもたない姿が、ゆるゆると脈を打ち、息づくようにそこにはあった。内部を常に何かが動き回り、それにしたがって、ふくらんだりちぢんだりしている。

「マリ……」

武がつぶやいた。初めて恐怖を感じている声だった。

「そうだ。この化け物がマリだ」

牧原はそのときになって初めて、ベッドの足もとに落ちているジュラルミンの球体に気づいた。赤いデジタル数字が発光している。

「どうしちゃったんだよ、マリ……。なんでそんなかっこしてんだよ、マリ」

ナイトメアには保護色の能力があるようだった。カーテンに閉ざされた室内が暗いため、今は黒い色をしているのだ。

牧原は射出器を武の肩にのせ、狙いをつけた。

不意に武が動いた。

「やめろ！　マリを撃つな！」

牧原にとびかかってきた。同時に触手がいっせいに動いた。

もう猶予はなかった。牧原は左の肘《ひじ》を武の顎《あご》に叩きこんだ。武が呻《うめ》き、ばったりと倒れた。

触手が向かってくる。ナイトメアのみひらいた目と目のあいだを狙い、牧原は射出器のピストンを押した。

シュッという、高圧ガスのもれる音がした。ダーツの姿をした針がナイトメアに刺さった。

横殴りにとんできた触手が、牧原の手から射出器をふっとばした。

「一、二、三……」

牧原は口の中でカウントを開始した。『ウェイカー』が効果をあらわすまでに平均十三秒を要する、と学者はいっていた。それまでにナイトメアにつかまれば、犬死にだ。

八までカウントしたとき、触手が牧原の両手に一本ずつからみついた。

両腕を左右からすさまじい力でひっぱられる。牧原は転げまわった。肩が外れそうなほどの怪力だ。

「やめろよ、やめろよ！　マリ！」

武が起きあがってどなった。牧原の右手にからみついた触手にとびついた。ひきはがそうとする。

左肩が脱臼《だっきゅう》した。ひき抜かれそうだ。牧原は激痛に唸《うな》り声をあげた。

そのとき、触手が力を失った。ばたっと床に落ちた。

牧原はすわりこんだ。するすると触手が本体にたぐりよせられ始めた。

武が呆然《ぼうぜん》とした顔でそれを見つめた。

すべての触手が本体に戻り、そして呑《の》みこまれた。それは今、急速に形をかえ始めていた。触手は一本残らず姿を消し、いったん球状になった黒い本体が、泡だつような動きを見せはじめる。

牧原は激痛に耐え、ナイトメアの本体を凝視した。

収縮していく。どろりとしたひろがりのあった不定形の本体が、固さをとり戻し、小さくなっていく。

やがて、おぼろげながらそれは、人間の形をとり始めた。

「マリ……」

武がつぶやいた。

闇《やみ》が薄れるように、本体から黒い色素が失われだした。そして徐々に形がはっきりとしていく。

胎児のように体を丸めた少女の姿にかわった。

両腕で胸を抱き、両膝《ひざ》をひきつけて、よこ倒しになっている。その足と手の、一本ずつの指が失われていることに牧原は気づいた。

切断した触手は、指だったにちがいない。

少女は全裸で、まだ体のあちこちに、不自然なふくらみや突起を残していた。

両目はみひらかれているが、まるで意識はないようだ。

武が駆けより、抱きしめた。

「マリ！　マリ！」

激しくゆさぶった。

少女はまったく動かなかった。切断された指の断面から出血はない。筋肉が異常に収縮し、血管をしめつけて出血を防いでいるようだ。

不意に少女の体が激しく痙攣《けいれん》した。口が大きく開き、とてつもない苦痛を味わっているかのような絶叫がほとばしった。

次の瞬間、体が再びふくらみ始めた。

牧原は緊張した。『ウェイカー』の効力が不足で、再び変身を開始したのかもしれない。

が、それにさからうように少女は体を硬直させ、つっぱらせた。ひきつけをおこしたようだ。

メリメリ、という音がした。牧原は気づいた。収縮する筋肉の力が骨格の限度を上回っているのだ。

すでにはっきりと、少女の顔だちをとり始めていた『ナイトメア』の上半身が大きく反った。少女は苦しげに顔を歪《ゆが》めている。通常ではありえないほどの筋肉の収縮がその体内で起こっているのだった。メリメリ、という音はひきしぼられた筋肉が、内側にある骨を砕きにかかっているのだ。

少女が、がっと大きく口を開いた。次の瞬間、さして大きくはないふたつの乳房が内側に向けて陥没するのを牧原は見た。

鮮血が少女の口から噴きあがった。その勢いは天井に届くほどだ。

がくっと少女は頭を倒した。その目は瞠《ひら》かれている。筋収縮がとけ、体がぐったりとなった。手と足の指の切断面から血がしみだした。

牧原は、脱臼《だっきゅう》した左肩をかばいながら立ちあがり、少女の頸動脈《けいどうみゃく》に触れた。

「くそ……」

呪《のろ》いの言葉を吐きだした。マリという少女は息絶えていた。

牧原は歯をくいしばり、左腕をつかんだ。脱臼した肩を自らはめこむには、途方もない力と痛みに耐える意志が必要になる。

唸《うな》り声をあげながら左腕を押しこむべく、壁に左肩を押しつけた。勢いをつけ、元にはめこんだ。脂汗が顎《あご》の先から滴った。

荒い息を吐き、すわりこんでいる武に歩みよった。武は呆然《ぼうぜん》と少女を見つめている。

我にかえったように武は牧原を見た。

「てめえ……マリを殺しやがったな！」

「殺したのはお前だ！　馬鹿野郎」

牧原は怒鳴りつけた。

「嘘《うそ》つけっ、てめえがあの変な注射をうったんじゃねえか」

「あれは、変身を止める解毒剤だ。薬の効き目が強すぎたようだが、あの薬をうたなければ、お前も俺も、化け物に食われていたところだ」

「じゃあなんでマリが化け物になったんだよ」

牧原は転がっているカプセルを拾いあげた。

「これだ」

「そいつは――」

武はいいかけ、うっと呻《うめ》いた。L・S・Dの効き目が切れてきたのだ。あたりに目をやり、血の海の光景に体を折りまげて嘔吐《おうと》した。濃い血の匂《にお》いに、胃液にいたるまで、腹の中身を吐いた。

「植田会のキヨシというプッシャーから手に入れたのだろうが」

「──そうだよ」

涙をためた目を閉じ、武は頷《うなず》いた。

「他に誰がこの薬を買った」

「わ、わかんねえよ」

武は首をふった。

「しっかりしろ！　いいか、お前も見た通り、薬を飲んだ奴は皆、この子のような化け物に変身するんだ。捜しだして飲むのをやめさせなければたいへんなことになるんだぞ」

「本当にわかんねえよ。キヨシの野郎は、そこのところだけは、口が固かったんだ」

「あの晩、キヨシはいくつくらいこのカプセルをもっていた？」

「わからねえ……。たぶん、十個くらいだと思う……」

日本にもちこまれたと覚しい『ナイトメア90』の数と一致する。そのうちの五錠はゾレゴンの工作員が回収した。となると、残っている『ナイトメア90』はあと四錠だ。

牧原は息を吐き、武を見つめた。

「お前の他に誰が買ったか考えるんだ」

「わかんねえって！」

「東河台の生徒はどうだ」

「東河台？」

「お前らと張りあっているのがいるだろう」

「洋一のことか」

「何、洋一だ？」

「倉沢洋一」

牧原ははっとした。未知がいっていた生徒だ。どうやら水野がいったのも、倉沢洋一のことだったようだ。

「そいつはどこにいる？」

「知らねえよ」

「お前らみたいに溜まり場にしているところがあるだろうが」

「ディスコか、サ店だよ。『メイプル』は潰《つぶ》れちまったから、サ店じゃねえか」

「何という店だ」

「『エレクトリック・メーター』」

「どこにある」

「宮益坂んとこだよ」

「宮益坂の『エレクトリック・メーター』だな」

牧原はいって、少女の死体に歩みよった。合掌し、今は喉《のど》の位置に刺さっている『ウェイカー』のダーツをひき抜いた。ポケットにおさめる。死者に合掌するのは習慣だった。

そのままでいこうとすると、武があわてたようにいった。

「なんだよ、どこ行こうってんだよ」

「もうここには用はない」

「何いってんだよ⁉ こんなにいっぱい仲間が死んでんだぜ」

牧原の前に立ちふさがった。

「こんな……こんなの、どうやって説明すんだよ。マリが化け物になってやったなんて、サツが信じてくれるわけねえだろ。それともあんた、マッポか⁉」

「マッポじゃない。信用してくれるかくれないかは、一一〇番して試してみたらどうだ」

「馬鹿いってんじゃねえぜ！ このまま俺をおいていく気かよ」

「俺がお前に何かをしてやる理由があるのか」

牧原は武を見た。

「だって、マリを殺したろう」

「殺したのは薬だ、そうだろうが⁉」

牧原は怒鳴りつけ、武の襟首をつかみ引きよせた。

「いい気になって、見境いなくわけのわからないドラッグに手をだすからこんな目にあうんだ。死んだのはかわいそうだが、薬を飲んだのは自分たちだろうが！」

武の唇がふるえだした。

「そんな……そんなのってねえよ……」

牧原の怒りは武に向けられたものであると同時に、『ウェイカー』をよこしたグレアムに対してのものでもあった。牧原は説明通りに『ウェイカー』を使用した。なのに少女は死んでしまったのだ。

戦場で敵兵を殺したのとはちがう。死んだ今、『ナイトメア』は、どう見てもただの少女なのだ。

「どけ」

牧原はいって武をつきとばした。そして部屋をでていきぎわ、武に告げた。

「どこかに逃げて、当分、渋谷には近づかんことだ。さもないと、お前の命も危なくなる」

ゾレゴンの工作員たちも、いずれ武らのチームをつきとめるにちがいなかった。そうなれば『ナイトメア90』の効果を知った武の口を塞《ふさ》ごうとするだろう。

「どこへいけってんだよ」

すわりこんだまま武はつぶやいた。目は少女の死体を見つめている。

牧原は顔をそむけ、でていった。

7

再び夜の雑踏に立った牧原は大きく深呼吸した。濃厚な血の匂《にお》いと悪夢《ナイトメア》の化け物の恐怖から解き放たれた今、人いきれとアルコール、煙草の匂いが混ざりあった空気すら、牧原にとっては心地よかった。

腕時計を見る。時刻は真夜中前だというのに、ひどく疲れていた。だが休息はまだ許されない。ナイトメアの発現を確認した今、マリにつづく、二号、三号のナイトメアが、今夜のうちにも何かをしでかすかもしれないのだ。

牧原はブルゾンの前のファスナーをひきあげ、宮益坂に向かって歩きはじめた。『エレクトリック・メーター』という喫茶店で、倉沢洋一の姿を捜すつもりだった。あるいは菅野広志もそこにいるかもしれない。

植田会の事務所で見た限りでは、菅野が『ナイトメア90』を服用しているとは思えなかった。東河台の生徒の中で『ナイトメア90』を飲んでいる可能性のある生徒がいるとすれば、倉沢洋一だろう。

だがそれにしても、マリの分とあわせて二錠だ。あとの三錠がどこにいったのか見当もつかない。

予想以上に過酷な任務になりそうだった。

牧原は渋谷駅前の交差点に立っていた。あいかわらずハチ公前にはおおぜいの人が群れている。

歩行者用信号がかわるのを待ち、歩きだそうとしたとき、ブルゾンのサイドポケットにさしこんでいた携帯電話が鳴り始めた。

この携帯電話は、銃器などといっしょに渡された装備だった。番号を知っているのは剣持など作戦の関係者だけだ。

牧原はひきだすと耳にあてた。歩きながら話しかける。

「牧原だ」

「剣持だ。今どこにいる」

「ナイトメアを一匹処理して、宮益坂に向かっているところだ」

剣持は一瞬、沈黙した。

「確かにナイトメアだったのか」

「他にあんな化け物がいるとは思いたくない。もとは、十六、七の少女だ。『ウェイカー』の副作用だかどうだかわからないが、助けられなかった。俺のかわりに、グレアムに一発、お見舞いしておいてくれないか」

「発現の確認は何時頃だ」

電車のガード下にさしかかりそうなので、牧原は足を止めた。多くの人が牧原を追いこしていく。

「一時間もたっちゃいない」

「形状は？」

「まっ黒いタコみたいだった」

牧原の頭上でも向かいでもネオンが輝いている。こんな盛り場のまん中でかわすには、あまりに非現実的な会話だった。

「確実に処分したんだな」

「したとも。何がいいたいんだ？」

「それが知りたければ、センター街にある『植田金融』のビルにきたまえ。私も今、そこにいる」

剣持は冷静な声でいった。

『植田金融』といえば、植田会の事務所だ。

「何があった？」

「とにかくくることだ。そうすればわかる」

剣持はいって、電話を切った。

牧原は舌打ちし、携帯電話をおろした。とたんに、

「センセー、かっこいい。携帯もってんだ！」

声をかけられ、ふりむいた。ショルダーバッグを肩にかけ、大胆なフレアのミニスカートを着けた女が立っていた。一瞬、その女が何者かわからず見つめた牧原は、未知だと気づいた。

「――お前か」

「びっくりした？　あんまりいい女なんで」

未知はにこっと笑ってみせた。

「何やってる？　こんな時間にそんな格好をして」

「夜遊び」

　こともなげに未知はいった。

「センセーこそ何してんの？　まさか生活指導じゃないよね」

　未知はいったかと思うと、不意に牧原の腕に自分の腕をからませて、身をよせてきた。ニットに包まれた胸のふくらみが、牧原の左肘《ひじ》に触れた。

「ねえ、奢《おご》って。いいでしょ、ね？」

「馬鹿いうな」

　あわてて手をふりほどき、牧原はいった。

「いいじゃん、ケチ。せっかくこうやってまた会えたのに」

　未知は唇を尖《とが》らせた。その仕草は、女子高校生というよりは、男の心理を知りつくしたプロのホステスだ。

「どこへいこうとしていたんだ」

　牧原は未知を見つめ、いった。未知に、今の電話の内容を聞かれていたかもしれない。

「サ店だよーん」

「何という店だ」

「やだ。教えたらセンセー、そこにいって煙草とか取締るんでしょ」

「宮益坂の『エレクトリック・メーター』か」

「なんだ、知ってんじゃん！」

牧原はゆっくりと息を吸いこんだ。

「今、そこに誰かいるのか」

「誰かって？」

「倉沢洋一とか」

「わかんないよ。さっき電話したときは、まだ誰もきてないって」

「電話番号を教えろ」

「何すんの？」

「いいから教えろ」

「もう――」

未知はいって、バッグの蓋《ふた》を開いた。

バージニアスリムのメンソールのボックスがいちばん上にある。煙草を見られたことに動揺するようすもなく、未知は赤い皮表紙のアドレス帳をとりだした。

「いい？　三四××の××××」

牧原は番号を復唱した。メモをとらなくても、こうした番号を暗記する訓練はできている。

「ねえ、あのあとどうなったの？　植田会の事務所」

アドレス帳をしまった未知は訊《たず》ねた。

「いったよ。別にどうということもなかった。菅野は帰されたあとだった」

「ふーん」

つまらなさそうに未知はいい、唇をつきだした。

「なーんだ。センセーがやくざをやっつけたのかと思ったのに」

「そんな度胸があるわけないだろう」

いって、牧原は未知をにらんだ。

「つまらんこといってないで、うろうろせず家に帰れ。親が心配してるぞ」

「親なんていないもん」

「なんだと？」

「ひとり暮らしなんだ、あたし」

楽しげに未知はいった。

「どういうことだ」

「やだ、センセー。生徒のこともっと知ってよ。あたしは、家が九州だから、こっちでアパート暮らししてるの」

「高校生のくせにか」

「信じらんない。高校生だってひとり暮らししてるのはいっぱいいるよ。東京の子でも、親もと離れてる子いるんだから」

「問題だな、それは」

「じゃ、センセー、送ってって」

未知はまたも牧原の腕をとった。

「心配だったら」

「用事がある」

牧原は未知の腕を外した。

「冷たいんだから。あたしが今夜グレたら、センセーのせいだよ」

「勝手にグレろ」

「信じらんない。あたしのこと心配じゃないの？」

未知は怒ったようすもなくいった。牧原は息を吐いた。どうもこの未知という生徒と話していると調子が狂う。

「とにかく、俺は用事がある」

「じゃあさ、『エレクトリック・メーター』にいるから電話ちょうだい。待ってるよ、ね？」

「なんで俺にまとわりつく。俺は教師だぞ」

あきれて牧原はいった。

「センセーのこと、気にいってんだもん。センセーだけど、シブいし、なんかハードボイルドじゃん」

「勝手にしろ」

「電話待ってる！」

くるっと背を向け歩きだした牧原に、未知はなおもいった。

未知の話だと、まだ『エレクトリック・メーター』では異常はおこっていないようだ。時間を無駄にした。

牧原は急ぎ足でセンター街に向かった。

『植田金融』の入ったビルが見えてきた。同時に、それをとり囲む、おおぜいの野次馬も目に入った。幾重にもなった人垣のすきまから、回転するパトカーの赤いライトが見え隠れしている。

牧原は眉《まゆ》をひそめた。何ごとかあったのだ。

野次馬をかきわけ、前にでた。ビルの周囲はぐるりとロープでしゃ断され、緊張した表情の制服警官が警戒している。

パトカーの数は、一台や二台ではなかった。覆面もあわせれば十台近くがいる。その上に、機動隊を移送する装甲バスまでも加わっていた。

スーツ姿の剣持の姿が見えた。警察の現場指導者らしい男と何ごとかを話しあっている。

剣持が牧原の視線に気づいたかのように目をあげた。目があう。首を傾けた。ロープの中に入れ、といっているのだ。

牧原はすばやくあたりを見回した。東河台の生徒らしい若者がいないことを確かめる。ロープをくぐり、中に入った。

「遅かったな」

「いろいろあってな」

牧原はいい、剣持と並んだ。かたわらの男が鋭い視線を向けてくる。五十代の初めで、叩きあげの刑事と覚しい、油断のない顔つきをしている。

「こちらは？」

男は牧原に探るような視線を向けた。

「技術顧問だ。君が知る必要はない」

剣持は高飛車にいった。男がむっとした表情を浮かべた。牧原はとりなした。

「おいおい、そんないい方はないだろう」

「民間人との接触は避けなければならない」

「民間人だと？　何さまのつもりだ」

男はくってかかった。牧原はあいだに入った。

「まあまあ。この旦那はいばるのが趣味なんだ」

男に向き直った。

「俺の名は牧原です。理由があって、今何をしてるかはいえんのです」

「おおかたあんたも、ＣＩＡだかどこかの人間だろうが」

男は上目づかいに牧原をにらみ、吐きすてた。

「そういうおたくは？」

「警視庁捜査一課、中田。階級は警部。本件の担当は、うちの班だ」

「なるほど。中田警部。何があったんです」

「自分の目で見てみろや。どうせ駄目だっつったって見るのだろうが」

牧原は息を吸い、頷《うなず》いた。剣持とともに『植田金融』のビルに入った。

エレベータホールに足を踏みいれた瞬間に、壁や床にとび散った血の染みに気づいた。ミシン目のような弾痕《だんこん》がそこここにうがたれている。

「でいりか」

現場検証の写真撮影でたかれるフラッシュがあちこちで閃《ひらめ》いている。

「そんなものじゃない。上へいくともっとすごい」

指紋採取の作業をおこなっているエレベータを使わず、二人は二階に階段でのぼった。階段の途中から、まるでペンキのバケツをひっくりかえしたような血だまりができている。血は、『植田金融』の事務所と、さらにもうひとつ上の三階からも、階段をつたって流れていた。

「スプラッターのロケ現場並みだな」

濃い血の匂《にお》いをかぐのは、今晩だけで二度めだった。剣持がいった。

「一一〇番通報は、今から一時間四十分ほど前だ。通報者は向かいのビルの人間だ。銃声と人間のめちゃくちゃな悲鳴が聞こえたという」

「ここの人間はどうした？」

「全部で何人いたのかまだわからんのだ。飛行機事故なみの惨状だったそうだ。そこらじゅうに人間の手足が散乱していたらしい」

「ナイトメアか」

剣持は頷いた。

「だが、ナイトメアだけじゃない」

「どういう意味だ？」

「上にいけばわかる」

三階は、典型的な暴力団の事務所だった。神棚がまつられ、デスクや応接セットが配されている。そして壁や床、デスクなどに刺さった銃弾の跡が著しかった。

「ここでは、バラバラになっていない死体も収容された。三名ほどは、複数の銃弾をうけ、死んでいる。いずれも植田会の構成員だ」

「じゃ、でいりじゃないか」

剣持は無表情に首をふった。

「二階の踊り場で、我々はひきちぎられた左腕と、生首をひとつ回収した。左腕は黒人のもので、生首は白人だった」

牧原は剣持を見た。

「ゾレゴンか」

「たぶんそうだ。白人の死亡は確実だが、黒人は存命しているだろう。ゾレゴンのアジア系工作員の生死は、他の死体との判別がまだなので不明だ」

「どういうことだ」

剣持は重い息を吐き、スーツの前を外した。腰に拳銃《けんじゅう》を装着している。

「私の考えでは、ゾレゴン工作員がここを襲った。襲われた植田会の組員の中に、『ナイトメア90』の服用者がいて、防禦《ぼうぎょ》本能による変態がうながされた。ゾレゴンの工作員はそれにより死亡し、さらに変態したナイトメアは、そこにいる者すべてを殺戮《さつりく》した」

「ナイトメアはどこにいった」

剣持は首をふった。

「不明だ。もとの状態に復元してここを立ち去ったと考えるのが妥当だろう」

「生存者はいるのか」

「ひとりだけ。重体だ。この植田会の幹部で水野という男だ」

「水野――。今どこにいる」

「I・C・U。そこの渋谷総合病院だ」

「話は訊《き》けるか」

「これからそうしようと思い、君を呼んだんだ」

牧原は煙草をとりだした。

「情報操作は可能か」

「とりあえずマスコミはシャットアウトした。が、何らかの説明はしなければならん。

でいりの線で抑えるしかない」

「このあいだのディスコといい、渋谷が無法地帯といわれるのもま近だな」

牧原はひっそりと笑った。煙草に火をつける。

「じゃ、病院にいこう」

「途中でそちらの話を聞かしてもらうが、ここを襲ったのが、君の処理したナイトメアだとは考えられないか」

「ありえないな」

牧原はきっぱりといった。

「やったのは、別のナイトメアだ」

牧原は剣持が乗ってきた、グレイのセダンに乗りこんだ。スーツを着てはいるが、ひと目で軍人とわかる屈強な体つきをした男が運転席で待っている。

「渋谷総合病院だ」

後部席に牧原と並んですわった剣持は告げた。

「了解しました」

男はルームミラーでちらりと牧原を見やり、サイドブレーキを外した。いつでも発進できるよう、エンジンはかけ放しで、『植田金融』のビルのま近に止めてあったのだ。

現場付近の交通整理をおこなっている制服警官の指示にもまったく従わなかったらしい。

剣持は息を吐き、運転席と助手席の境におかれた自動車電話を手にした。通常のものとはちがい、送話口にぶかっこうな筒がはめこまれている。盗聴防止のためのスクランブル装置だった。

　ボタンを押し、出た相手に告げた。

「ブルーだ。ホワイトと合流した。一区の件は、Nによるものと確認された。尚、今より約一時間前にホワイトがNを一頭処理した。したがって今回の件は、N2によるものと思われる。分類コードはN2、ホワイトが処理したものをN1とする。被害実態については、イエロウからの報告を待て。N1は無力化された。以上。そちらからの報告は?」

　耳を傾け、

「わかった」

　とだけいって、切った。

　牧原は皮肉げに剣持を見た。

「俺がホワイトであんたがブルーか」

「そうだ。警察がイエロウ、消防はレッドだ。ゾレゴンの工作員をグレイと、呼んでいる」

「グレアムはどこにいる?」

「横須賀だ」

「逃げだしたか、東京を」

剣持は答えなかった。

「奴をナイトメアと同じ檻《おり》に閉じこめてやったらさぞ気分がいいだろうな」

「N1は本当に『ウェイカー』の副作用で死んだのか」

「そういう呼び方はやめろ。マリという名の女の子だったんだ」

剣持は意外そうに牧原を見た。

「ここは戦場じゃない。ましてその娘は兵士でもなかったんだ。ただの女の子だ」

「被害はなかったのか」

「あったさ。仲間の子供たちが四、五人は死んでいる」

「それを早くいえ。場所はどこだ」

牧原はマンションの名を告げた。剣持は自動車電話をとりあげた。

「ブルーだ。N1の事後処理が必要になった。同じく一区にあるマンションだ。無力化した人間が四、五名ほどいると思われる。生存者がいれば保護せよ」

牧原をにらみ、いった。

「あとでゆっくり報告を聞かせてもらうぞ」

セダンが『渋谷総合病院』と看板のでた五階建てのビルの前にすべりこんだ。『緊急』の電光板が点っている。

牧原と剣持はセダンを降りた。救急用の入口扉をくぐり、受付と表示された窓口に歩いていった。

白衣の上にカーディガンを羽織った看護婦がいた。まだ十代で、幼さの残った顔つきをしている。その顔を見て、牧原は、マリを思いだした。

剣持がスーツの上衣から警察手帳をとりだした。

「警視庁のものです。さきほど連れてこられた患者さんは？」

「まだI・C・Uにいらっしゃいますが……」

「どこです？」

「そちらのエレベータで三階にあがって下さい」

看護婦はリノリウムのしかれた薄いピンクの廊下の奥を指さした。ストレッチャーを運びこめる大型のエレベータが二基並んでいる。

「どうも」

剣持はいって歩きだした。エレベータに乗りこむと牧原はいった。

「何でもありだな。本物か、その手帳は」

「当然だろう。警察庁に緊急発行させた。民間人にはこのほうが話が早い」

「この任務が終わったら返せよ」

「どういう意味だ？」

「いばりたがりにはかっこうのオモチャだ」

牧原はいった。剣持の目に一瞬、怒りが浮かんだ。その瞬間、ゆっくりと上昇をしていたエレベータが停止し、扉を開いた。

制服警官の姿が廊下のつきあたりにあった。かたわらの長椅子に、刑事と覚しい紺のジャンパーをつけた中年の男がすわっている。

剣持はまっすぐそちらに向かって歩いていった。

「ご苦労さん。患者のようすはどうだ」

制服警官に訊《たず》ねた。警官は一瞬ぽかんとし、あわてて敬礼をした。剣持の横柄な口調に、幹部警察官だと思いこんだようだ。

「まだ、面談の許可がおりません」

「あの――」

ジャンパーの男がのっそりと立ちあがった。

「失礼ですが……。私、渋谷署刑事課の井上《いのうえ》といいます」

剣持は向きなおった。

「御苦労さん、警察庁の要請できた者だ。名前はちょっと勘弁してもらいたい」

「サッチョウの？　上司からは何も聞いておりませんが……」

「カク秘だ」

剣持は告げた。

井上と名乗った刑事は一瞬、あっけにとられたような顔になった。

「カク秘、でありますか……」

「そうだ。患者と話したい」

「何か身分を証明するものを提示していただきませんと――」

剣持は鋭い目で井上をにらんだ。

「法務大臣の発行した特別任命証でどうだ」

「は、それならば……」

剣持はカードをとりだした。井上があらためている間、いった。

「この件について情報を洩《も》らしたら、一生、どこかの大使館前で立ち番だぞ」

制服警官の顔が青ざめた。井上はカードを返した。

「承知しました。ただ医者の許可が――」

「必要ない」

剣持はいい、井上を見つめた。

「患者は植田会の幹部だそうだな。何か知ってるか」

「ええ、管内ですから。植田会の若頭をやっておる者です。もっぱら、トルエンや草、睡眠薬などのアガリで食ってました」

井上は瞬きし、答えた。

「けっこう根性のある奴で、たぶん次の組長だろうといわれてます」

「組長はどこだ?」

「服役中《つとめ》です。さ来月にはでてきます。いないあいだは、この水野が組を仕切っておりました」

「植田会は武装化が進んでいたのか」

「チャカは何挺《ちょう》か入っていたと思います。例の中国製がしゃぶといっしょに流れ込んでいたようですから」

「I・C・U」と記された部屋の扉が開いた。白衣を着けた医師が現れた。まだ二十代の終わり頃だ。

「困りますね。話すなら、向こうのほうでやって下さい」

「担当の先生ですな」

剣持は医師を見た。

「そうですが、まだ患者さんとは話せませんよ」

「意識はありますか」

「ありますがひどく痛がってるんで、これから麻酔を増量するところです」

「その前に会わせて下さい」

「何をいってるんですか、死にかけているんですよ」

「だったら尚さらだ」

「話にならん」

医師は舌打ちをし、白衣の背中を翻そうとした。

「待った。話させてもらえないのなら、あなたを公務執行妨害で逮捕し、医師免許を剝《はく》奪《だつ》します」

「何だって」

医師は目をむいた。

「そんな馬鹿なこと――」

「できます。私たちは法務大臣の特命で動いている。どのような超法規的活動も容認されています」

「何をいってるんです、この人は」

医師は井上を見た。井上は首をふった。

「本当です、先生。逆らわんほうがいい」

医師は剣持を見つめた。剣持は見つめかえした。

「この件にはまだ多くの人命がかかっている」

やがて医師は吐息をした。

「参ったな。しかし患者さんの容態に責任はとれませんよ」

「どんな状況なんです？」

「両手の肘《ひじ》から先を切断されています。ひきちぎったというほうが正確でしょう。いったいどうやったのか想像もつかない。もちろんその他にも全身を打撲している。まるで列車の轢断《れきだん》事故なみですよ」

「けっこう。助かる確率は？」

医師は首をふった。

「出血もひどいし、正直いって一割あるかどうか……」

剣持は頷《うなず》いた。井上に訊《たず》ねる。

「テープレコーダーを持ってるか」

「はあ、一応……」

井上はジャンパーから小型の録音器をとりだした。

「借りるぞ」

「あの自分もいっしょに――」

「許可できない。いこうか」

にべもなく告げ、牧原を見た。井上はぶぜんとした表情になった。牧原は首をふり、

「カミさんが男を作って逃げたばかりなんだ。悪く思わんでくれ」

小声でいった。

「無理もねえな、あれじゃ」

剣持はふりむきもせず、「I・C・U」の扉をくぐっていた。

滅菌衣に着がえたふたりは、点滴とコードでベッドにしばりつけられた水野に近づいた。顔のところどころが青黒く腫《は》れあがっている以外はまったくといっていいほど血のけがない。

医師の言葉通り、包帯でおおわれた両腕は肘のあたりから先が失われていた。

水野は目を薄く開け、天井の一点を凝視していた。歯をくいしばっているが、喉《のど》の奥

から苦痛に耐えようと低い唸《うな》り声がもれている。それはすすり泣きのようにも聞こえた。

「俺が話す」

牧原はいって、水野に歩みよった。水野は近づいてきたふたりに気づいているのかいないのか、まったく体を動かさなかった。

牧原はかたわらの心電図を見た。不規則な波形がゆれている。

「水野」

牧原は耳もとにかがみこんだ。剣持がカチッと録音器のボタンを押した。

水野は瞬きもしなかった。牧原はもう一度いった。

「水野」

水野の首がわずかに動いた。牧原の顔に目の焦点をあわせようと瞬きした。

「……せんせい、か……」

かすれた声が血まみれの裂けた唇をわった。

「ひでえ、目に、あっちまった……」

「やったのは誰だ」

水野の唇がゆがんだ。笑ったと気づくまで時間がかかった。

「信じ、ねえよ……」

牧原は息を吸った。

「何があったか話してみろ」

「いいけど、こいつを抜いてくんねえか……。気色悪くて……」

水野は鼻孔にさしこまれた酸素のチューブを目で示した。

「自分で、やりてえんだ、けどよ……」

再び唇をゆがめた。

「駄目だ。そいつをとるとあんたは死んじまう」

「どうせいっしょ、だろ……」

目が動き、牧原と、その横に立つ剣持を見あげた。

「……やっぱり、あんた、ただの先生じゃなかった、な……」

「そういうことだ」

「何者だよ……」

「俺は雇われている兵隊さ、こっちがその雇い主。自衛隊の幹部だ」

剣持が身じろぎした。

「自衛隊、とはな……」

「俺はずっと海外で特殊部隊にいた」

「どうりで……。強え、わけだ……」

「話してくれ」

「……メチャクチャだったぜ。最初に、やっぱ兵隊みてえなのがきやがった……。外人と日本人の混じった奴らでよ……。マシンガンもってきて、問答無用で撃ちまくりやがってよ……」

「それで？」

「そこへ、どういうわけだか奴がきた。ぶるぶるふるえてやがって……、でも自分からきたんだぜ、今度は……」

「奴？」

「奴だよ……。先生のとこの生徒さ」

牧原は目をみひらいた。

「菅野か」

「そうさ……。うちの者が、外人どもと撃ちあってるどまん中に入ってきやがった……」

「どうなった？」

「どうなっただって……」

水野は苦しげに唸《うな》った。

「化け物さ。なんだい、あれは……先生なら知ってるだろう……」

「変身したのか。菅野は」

「そうさ……。カニだよ……カニ。あれはまるでカニだった……。俺の手をちぎりやがって……」

牧原は剣持を見た。剣持はまったくの無表情だった。

「撃ったのか、その化け物を」

「撃ったさ。野郎が、外人の首をはねやがった。驚いたぜ、チョキン、てなもんだ……」

「死なななかったか」

「笑っちまうよ、弾ぁ、はねかえしやがった……」

「外人のグループはどうなった？」

「四人いたが、ふたり死んだ。黒人は、もうひとりの仲間といっしょに逃げたぜ……」

「菅野は？　菅野はどうした？」

「でてったよ……。でてくとき、何だかふつうに戻ったみたいだった……」

「何か喋《しゃべ》ったか、菅野は」

「何んにも……。人間らしいことは何もいわなかった……」

牧原は剣持に訊《たず》ねた。

「何かそっちはあるか」

「変身するところを見たんだな」

「見たさ」

「順番に話してくれ。どんな変身だった」

水野は首を動かした。

「順番にだと……。そんなもの、説明できやしねえ。とにかく化け物になっちまったんだよ……」

「足は？　足はどんな風だった」

「思いだしたくねえ」

水野は憎しみのこもった目で剣持を見た。

「お前らが、あれを作ったのかよ」

「ちがう」

牧原はいった。

「キヨシの売った薬が原因だ」

「……あのバカ……」

水野は目を閉じ、吐きだした。

「とんでもねえ代物だぜ……あれは」

「そうさ」

「先生よ、あんなもんがよ、広まったら、えらいこったぜ……」

目尻《めじり》に苦痛の涙がたまっていた。

「俺たち、やくざは、メシの食いあげだな……」

「やくざだけじゃない。お巡りもそうさ」

「うちの組は終わりだよ……。ほとんど死んじまったい。俺の他に誰かいるかい？」

牧原は首をふった。

水野は目を閉じた。涙が流れ落ちた。

「畜生……組長《おやじ》に悪いこと、しちまった……」

「菅野のいったところに心あたりはないか」

「ねえ。先生よ」

「何だ」

「休ませてくれ。俺ぁもう限界、だ……」

「ああ」

水野は目を閉じたまま、重い息を吐いた。

「医者、頼むわ……」

牧原は剣持を見やった。剣持は録音のスイッチを切った。

ふたりがベッドを離れると、剣持の命令で外に待機させられていた医師が病室に入ってきた。

「ゆっくり休ませてやれ」

牧原はいった。医師はひと言も発しなかった。いまいましそうにふたりを見、水野の体にとりついた。注射器と薬壜《びん》ののったワゴンを押し看護婦がつづいてくる。医師は小声で指示を下し始めた。

「I・C・U」を出た剣持は録音器からテープを抜き、ポケットにおさめた。録音器だけを井上に返す。井上は上目づかいで剣持を見やり、無言で受けとった。

「患者をしっかり監視しているんだ」

剣持は命じた。

「明日になりゃ、ホトケです」

井上はそっぽを向き、吐きだした。

牧原は剣持の先を歩いていって、エレベータに乗りこんだ。

「何を急いでいる」

「菅野がいる可能性のある場所がある」

「どこだ？」

「宮益坂の喫茶店だ」

エレベータが一階に着くと、牧原は携帯電話をひっぱりだした。未知から教えられた番号を押した。

呼びだし音が鳴り、やがて若い男の声が答えた。

「ありがとうございます。『エレクトリック・メーター』です」

「未知さんを――」

「未知さんは先ほどお帰りになりました」

牧原は息を吐いた。

「広志はきてるかな、菅野広志は」

「今日はまだ……」

すると自宅だろうか。生徒の住所録は、牧原のアパートにあった。

牧原はかたわらに立って鋭い視線を浴びせかけていた剣持にいった。

「どうやら空振りのようだ」

「どこへいく」

「帰る。送っていってくれ」

剣持はわずかに眉《まゆ》をひそめた。

「今日はひとり、何とかした。充分だろ。教師てのは朝が早いんだぜ」

牧原はいった。

剣持は目をそむけ、指先で顎《あご》に触れた。

「菅野以外の服用者に心あたりは」

「ひとりいる。それも東河台の生徒だ」

「何て高校だ」

剣持は吐きだした。牧原は歩き、病院を出ると、セダンのドアに手をかけた。

「好奇心さ。すべてな」

「好奇心で人を殺すのか」

「あの薬を作ったのも、もとは好奇心じゃないのか。グレアムに訊《き》いてみろよ。奴はきっと好奇心で人体を作りかえる薬を作ったんだ」

剣持はそれには答えず、いった。

「任務を続行しろ、時間はもう、あまりないぞ」

「もうすぐ俺の出番はなくなるさ」

いって牧原は煙草をくわえた。

「この街を封鎖して、戦車の出動でも要請するんだ。そのほうが早い」

「馬鹿をいうな」

牧原は煙を吐き、動き始めたセダンのフロントガラスから夜の奥を見つめた。

「あんたも一度会ってみりゃいい、ナイトメアに。そうすればわかる」

眠りに落ちたのがいつ頃かはわからなかった。宿舎としてあてがわれたアパートに戻った牧原は、生徒名簿から捜し当てた菅野広志の自宅に電話を入れた。誰もこたえなかった。

倉沢洋一の自宅に電話をしてみた。結果は同じだった。

目の奥にこびりついた悪夢を洗い流そうと、冷凍庫で冷やしてあったズブロッカをらっぱ飲みし、ベッドに倒れこんだ。

それほど飲んだわけではなかった。眠りが深かったのか、電話が鳴った一瞬は、自分がどこにいるのかを認識するのに時間を要した。

が、訓練によって培われた緊張感が即座に戻ってきた。

「――はい」

受話器に声を送りこみ、腕時計を見た。夜光塗料の文字盤は午前三時十分をさしていた。

「センセー？」

若い女の声だった。未知だ。が、その響きに、怯《おび》えが混じっている。

「どうした」

牧原はベッドの上に起き上がった。

「いま、『エレクトリック・メーター』にいるの。センセーがあんまりこないから、ちょっと他に遊びにいって、戻ってきたとこ」

牧原はすばやく頭を働かせた。

「ここの番号、どうやってわかった」

「今日、学校で訊いたの。センセーは新任だから名簿にのってないでしょ」

「で、どうしたっていうんだ」

「菅野くんがいるよ」

牧原ははっとした。

「そこにか」

「うん。ひとりで奥の椅子《いす》にすわってる。でもなんか変なんだ。すごく変。うつむいて、話しかけても返事しないし」

「すぐにそこをでろ」

「どうして？」

「いいからそこをでるんだ！」

牧原は怒鳴った。

「だって――」

「いいか、菅野にはかまうな。俺がそっちへいく。とにかくそこをでろ。他に客は？」

「アベックがひと組くらいかな。他には誰もいない」

「わかった」

「きてくれんなら待ってる」

「待つな、馬鹿！」

いって、牧原は電話を切った。身支度を整え、マンションをとびだした。

8

牧原が『エレクトリック・メーター』に辿《たど》りついたのは、未知の電話から十五分後だった。アパートの周辺でタクシーの空車が拾えず、牧原は走って宮益坂まで向かったのだ。

午前四時近くなり、さすがに宮益坂から渋谷駅にかけてのビルもほとんどが明りを消している。

唯一、宮益坂の中腹で黄色い看板が灯っているのが、喫茶店『エレクトリック・メーター』だった。その名の通り、看板は電流計の形をしている。

牧原は『エレクトリック・メーター』のある、地下へとつづく急な階段を駆け降りた。格子のはまったガラス扉がある。そこから入口に近い店内のようすがのぞけた。見える限りでは異常なところはどこにもない。が、牧原は油断せず、『ウェイカー』の射出器のグリップをブルゾンの下で握りしめたまま扉を押した。

「――いらっしゃいませ」

入口近くにいたボーイが声をかけた。

『エレクトリック・メーター』の店内は広かった。手前に四人がけのボックスがいくつも並んでおり、中間にテレビゲームのテーブルとピンボールマシンが並んだ一角がある。そして観葉樹の鉢植えで目かくしするような格好で、奥に八人くらい座れるような大きなテーブルがいくつかおかれていた。

客はほとんどいない。若い男ばかりの四人組が手前のテーブルにいるが、ふたりは眠っている。もうふたりも額をよせあって、ぼそぼそ喋《しゃべ》っていた。

未知はピンボールマシンのひとつにとりついていた。電光が弾け、カシャッカシャッという得点の音をたてている。

ボーイの声にふりむいた未知が、

「センセー」

といった。ボーイと、話しこんでいたふたりの男客が、ぎょっとしたように牧原を見た。

「何やってるんだ、帰ってろといったろう」

牧原は声を荒げた。

「だって、つまんないんだもん」

未知は唇を尖《とが》らせた。

「菅野は」

相手にせず、歩みよった牧原は小声で訊《たず》ねた。

「そこ」

未知は牧原の肩ごしに手をのばした。牧原はふりかえった。

奥の八人がけのテーブルのひとつに、ひとりで腰かけている菅野の姿があった。目はみひらいているのだが、うつむいてテーブルの表面をじっと見つめている。かたわらに、手をつけたようすのないコーヒーがあった。

「いつからああしているんだ」

「あたしがきたときは、もうああだった。話しかけても返事しないし、飛んじゃってるのかな」

牧原は答えず、じっと菅野のようすを観察した。

菅野はトレーナーにチノパンツといういでたちだった。トレーナーは濃い紺でパンツは黒っぽい。顔色は暗い照明のせいではっきりとはわからないが、血の気があまりないようだ。

「なんかあぶなくない？　あれって」

　未知がいった。

　菅野は牧原が見ているのも、未知の言葉も、まったく気づいているようすはなかった。ただじっと目をみひらき、テーブルを見つめている。

「あの——」

　声に牧原はふりかえった。ボーイのひとりだった。

「お客さん、あちらのお客さんのお知りあいですか」

　ためらっている口調で訊ねた。

「知りあいといえば知りあいだが」

　牧原はいった。まさかこんな時間に、自分は教師であれは生徒だ、ともいえない。

「何か？」

「あの……実はですね」

　ボーイはいいにくそうに下を向いた。

　牧原は未知から離れ、ボーイと店の隅にいった。

「何だい」

「あのお客さん、すごく匂《にお》うんですよ」

「匂う？　何が」

「いや、だから、何ていうのかな。トイレが我慢できなかったような匂いがするんです」

牧原はボーイの顔を見た。

「小便の匂いか」

「いや。そうじゃなくて、大きいほうの……」

牧原は菅野を再びふりかえった。菅野が失禁していると、ボーイはいっているのだ。それも小便だけでなく。

薬のせいなのだろうか。

牧原はどうすべきかを考えた。菅野が『ナイトメア90』を服用していることは、水野の証言から明らかだった。だが、『ウェイカー』を使用するには、菅野がナイトメアに変身するのを待たなければならない。今の状態で『ウェイカー』を射てば、菅野は死んでしまうのだ。

ナイトメアに変身させれば、大騒ぎになる。ましてここには、東河台の生徒である未知もいるのだ。

手詰まりだった。最善の方法は、菅野が変身する前にここを連れだし、安全な場所に監禁して、変身するのを待って『ウェイカー』を使う――それだ。ただし、マリのときのように、『ウェイカー』は菅野を殺してしまうかもしれないが。

牧原ははっとした。菅野には、ナイトメアに変身していたときの記憶はあるのだろうか。もしあるのなら、自分がしたことへの恐怖で、あのような放心状態におちいっている可能性もある。

もしそうであるなら、ここをでていくのに、菅野自身の協力が得られるかもしれなかった。

だが、まずは菅野を連れていく場所を確保しなければならない。しかも移動の途中で変身が起こっても安全な手段をこうじる必要があった。

「電話を貸してくれ」

牧原はいった。携帯電話はあったが、未知やボーイに内容を聞かれたくない。

「あちらに公衆電話があります」

あつらえむきに、店の隅に独立した電話ボックスがあった。

牧原はまっすぐそこへ向かった。ピンボールマシンのところに残された未知が好奇心のこもった表情で牧原を見つめている。

牧原は電話ボックスに入ると、剣持から知らされている緊急連絡用の番号を押した。

二十四時間体制で、連絡員が待機している。

「――はい」

呼びだし音が一度鳴ったところで男の声が答えた。いっさい名を名乗ったりはしない。

牧原は息を吸い、告げた。

「ホワイトだ。ブルーに緊急連絡を要請する。渋谷、宮益坂の喫茶店で変身前のN2を発見した」

「了解。待て」

男はそれだけをいった。カチカチ、という回線をつなぐ音が聞こえた。やがて、

「ブルーだ」

剣持の声が応《こた》えた。

「俺だ。変身前のうちの生徒を見つけた。連れ出すから移送手段を確保してほしい」

「待て。相談する」

剣持は驚いたようすもなくいった。

――いらっしゃいませ。

ボーイの声が聞こえ、牧原はふりかえった。サラリーマン風の男たちがふたり、姿を現したところだった。酔っているらしく、ネクタイをゆるめ、足もとがふらついている。

ひとりが横柄な口調で、ビール、と叫んだ。

――まだ飲むんですか、もう朝ですよ。

――馬鹿、こうなったらとことん飲んでいっちゃうよ。このまま会社が始まるまで、ここで飲むんだよ。

――先輩、止まんないからな。

――やかましい！　お前も飲め！　そこのお嬢ちゃんもここにきて飲みなさい！

牧原は舌打ちした。不測の事態が起きる前に、菅野を連れてここを出た方がよさそうだ。

剣持の声が戻ってきた。

「コンテナではどうだ。十トントラックの内部にコンテナを入れ、そこに監禁する」

「それでいい。すぐにこちらに回してくれ」

「そこに民間人はいるのか」

「いる。少なくとも十名はいるだろう。そのうちひとりは、N2とは別のうちの生徒だ」

「くそッ。急がせる」

剣持はいって、電話を切った。牧原は電話ボックスを出た。とたんに、

「離せよ！　スケベ！」

未知の叫びが聞こえた。

新たな客のひとりが未知の腕をつかんで、自分らの席にひっぱっていこうとしたのだ。

「先輩、駄目っすよ」

連れが止めに入り、さらにボーイが、

「お客さま、他のお客さまのご迷惑ですので――」

と声をかけた。見たところは、本当にただのサラリーマンのようだが、ひどく酔っている。

「うるさい！」

男は連れとボーイの手をふりはらった。未知に目をすえ、指をつきつけた。

「おい、お前。未成年だろう。未成年がこんな時間にふらふらして、いったいどうなってんだ。学校にいってんのか、お前は」

「いってるよ、あんたには関係ないだろ」

未知は大声で叩きつけるように答えた。

「なんだとぉ」

男は声を荒げ、店内を見渡した。四人組は関わりになるのをさけるように知らぬふりをしている。

男の目が奥のテーブルにいる菅野で止まった。

「おい！　お前！」

まずい――牧原は思った。菅野に無用の刺激を与えてはならない。早足で男たちに近づいていった。

「センセー」

未知がいい、男がくるっと首をまわした。焦点のよくあっていない目で牧原を見た。

「先生だと？」

「俺は夜遊びの教師でね。うちの生徒がおたくさんたちに何かご迷惑をおかけしましたかね」

牧原はすごんだ笑いを浮かべ、いった。連れの男はさっと青ざめた。牧原をカタギではないと思ったようだ。が、酔っぱらいはひるまなかった。

「なんだお前、この未成年の仲間か」

牧原は男を見つめた。単に酔って気が大きくなっているだけでなく、腕にそれなりの覚えがあるのかもしれない。体つきも大柄で、牧原より十センチ近く上背がある。

「ですから、先生だといったでしょうが」

「センセー、こんな奴、畳んじゃってよ」

未知があおった。

「お前は黙ってろ」

牧原はいった。が、未知の言葉に男は激昂《げっこう》した。

「なに？　やれるもんならやってみろ！」

いって上着を脱いだ。

「先輩、やめましょう！　すいません、酔っているんです」

連れがあわててあやまる。牧原は苦笑した。この酔っぱらいひとりなら、すばやくおとなしくさせるのはわけがない。が半ば正気の連れの前でそれをやると、かえって面倒になりそうだった。

牧原が笑ったのを見て、ますます男はカッときたようだった。

「この野郎っ、サラリーマンだと思ってなめてるな」

「外へ連れだしたほうがいいんじゃないか」

牧原は連れにいった。

「はいっ、そうします。どうもすいません」

連れはいって、ぺこぺこ頭を下げ、男の腰をかかえた。

「先輩、いきましょう」

「離せっ」

「いいから……」

お互いにひきずりあうようにして、ふたりは出ていった。

「申しわけありませんでした」

ボーイがどぎまぎしたように牧原にあやまった。

「気にするな」

「なんだ、つまんないの」

未知が唇を尖《とが》らせた。

「センセーのカッコいいとこ見られると思ったのに」

「勝手にいってろ」

牧原はいい、菅野のいるテーブルに歩みよっていった。

牧原が近づいても、菅野にまったく変化はなかった。そしてボーイの言葉通り、ひどい悪臭が菅野からは漂い出していた。

「わあ、くさい！」

牧原のあとをついてきた未知が顔をしかめ、小声でいった。牧原はふりむいた。

「帰れ」

「なによ、センセー。冷たいじゃん」

「帰るんだ。さもないと停学にして、親もとに連絡するぞ」

「ひっどーい。そんなのってないでしょう。彼がここにいるの、教えてあげたの、あたしなんだよ」

「菅野は病気なんだ。すぐ入院させなきゃならん」

牧原がいっても、菅野はまったく態度をかえない。

「病気って、何の病気？」

「見ればわかるだろう。薬のせいで神経をやられている」

「じゃ、くさいのもそのせいなの」

「たぶんな」

牧原は菅野の耳もとにかがんだ。

「菅野、菅野」

牧原の背に冷たい汗がわきでた。菅野がナイトメアに変身するとしても、一瞬で変身が完了するとは思えない。だが、ナイトメアになることがわかっている人物に接近するのは、ひどく覚悟がいった。

菅野は答えなかった。牧原は菅野の肩に手をかけた。

「菅野、俺だ。わかるか？　牧原だ」

軽くゆすった。

菅野に変化はなかった。

そのとき、ガシャン！　という大きな物音が『エレクトリック・メーター』の入口でひびいた。菅野の体がびくっと震えた。

「やだ――」

未知が低い声でいい、牧原はふりかえった。入口で大きな音をたてたのは、さっきの酔っぱらいだった。まともだった連れをふりきって、まい戻ってきたのだ。

「お前ら！」

男は奥にいる牧原と未知の姿を見つけると、突進してきた。相当に酒癖が悪い。

未知が牧原の背後に隠れた。ボーイがあわてて止めに入った。が、男は裏拳でボーイの頰《ほお》を殴りとばした。牧原が想像した通り、空手か拳法《けんぽう》の心得があるようだ。

「こいっ、こらっ」

男は叫んで、牧原の腕をつかもうとした。菅野の姿が目に入らないようだ。

牧原はそれをふりはらった。

「お客さん、一一〇番しますよ！」

ボーイが立ちあがり、どなった。

「やれるもんならやってみろ！　この社会のダニが」

男はてっきり牧原がやくざで、未知がその情婦だと思いこんでいるようだった。

「このっ」

男は牧原めがけ、正拳をつきだしてきた。牧原は下からその腕をはねあげた。膝蹴《ひざげ》りが間髪いれずとんでくる。しかし、牧原がそれもかわしたので、男の膝は、菅野が見つめているテーブルに命中した。

ガツッという音とともにテーブルが揺れ、コーヒーカップがひっくりかえった。

菅野が突然、反応した。ぱっと顔を上げ、大きく目をひらいて、男の顔を凝視した。

「なんだ、お前」

男が鼻白んだ。

「よせっ、離れろ」

牧原はあいだに入った。

「菅野、落ちつけ」

「なんだい、この野郎、やろうってのか、えっ」

牧原は舌打ちした。未知の前では拳銃も抜けない。

男の手が菅野の肩をつかんだ。

「立てよ、おいっ」

「やめろっ」

牧原はいって、男の右膝を蹴った。狙《ねら》いすました一撃で、男の足が崩れた。痛みで立っていられなくなる位置だ。

「おっ」

男は叫び、がくっと膝をついた。とたんに目がテーブルの下にいき、ひっと息を呑《の》んだ。

「なんだよ……」

菅野の顔がぱっとかわった。くしゃくしゃになり、今にも泣きそうになった。牧原は気づいた。菅野はずっと左手をトレーナーの内側に隠していたのだ。それが、抜け出てテーブルの下にあった。

男は両手であとずさった。

「何だそりゃあ！」

叫んだ。

「菅野、おいっ」

菅野が上体をばったり倒し、顔面をテーブルに打ちつけた。次の瞬間、機械人形のようにぱっと身を起こす。そしてまた顔を叩きつけた。見る見るその速度は早くなった。

菅野の喉《のど》から、

「キィィッ」

という悲鳴とも歯ぎしりともつかない音がもれた。

いきなり、テーブルがまっぷたつに割れた。

未知が悲鳴をあげた。割れたテーブルの下から長さ五十センチはある、緑褐色のハサミが姿をあらわした。そのハサミは菅野の左腕とつながっていた。

ハサミの表面は、蟹《かに》と同じような、キチン質で光沢のあるものだった。ただ、蟹にあるブツブツはなく、ぬめっとした、どちらかというとゴキブリの背中を思わせる色と輝きを帯びていた。

シャッとハサミが開いた。乾いた血のこびりついた内側は、鋭くわん曲している。色は外側とちがって白い。

「菅野、よせっ」

牧原は夢中で、トレーナーに包まれた菅野の左腕をつかんだ。ハサミがまっすぐ男の顔を狙《ねら》っていったからだった。

牧原の手が止まった。トレーナーの中の菅野の腕は、まるで実体のない感触だった。強《し》いていえば、水をいっぱいに詰めてふくらんだビニールの筒をつかんだような、ぐにゃっとした手ごたえなのだ。

それでも、ハサミは男の顔をそれた。別のテーブルの足につきあたり、ガシャッと閉じた。バキッという音を立てて、太さ五センチはあるテーブルの足を切断した。

「ば、化け物……」

男が逃げだそうとした。牧原はやむなく、男の延髄に手刀をふりおろした。男は昏倒《こんとう》し、床に転がった。

ハサミがすっとひっこんだ。男が動かなくなったのを見て、突然、殺意を失ったようだった。

ハサミは菅野の左手の位置に戻った。菅野がぐるっと首を回した。

「せん、せい……」

前に聞いたのとはまるでちがう、軋《きし》むような声音が菅野の口を割った。

まん丸くみひらかれた目が牧原を見た。瞳孔《どうこう》が異様に拡大している。と思った瞬間、収縮した。まるでそれ自体生き物のように、菅野の瞳孔は拡大と縮小をくりかえしていた。イソギンチャクの触手を見ているようだった。

「菅野！」

「たす、けて、せん、せい」

菅野はいった。上体はそのままでぐぐっと上昇した。下半身が四本に割れた鋭い爪《つめ》に変わっていた。

顔に亀裂《きれつ》が入った。まっすぐ縦に、額から鼻りょうを通過して、顎《あご》にかかる。

ばきばきっという音とともに、菅野の顔が広がった。閉じていた扇子が広がったように、左右斜め下方に、両目が離れていく。

「せん、せい……」

菅野が右手をのばした。そこだけがまだ人間の姿を留めていた。

「くっ」

牧原はとびのいた。菅野のその手を握ってやりたかったが、菅野の意志とは関わりなく、ハサミが獲物を求めていた。

『ウェイカー』の射出器をひき抜いた。引き金をひく。

ダーツが飛んで、菅野のトレーナーの胸に刺さった。と思うまもなく床に落ちた。腹部からの体のふくらみにおしあげられるように、トレーナーがくるくると上に巻きあがった。Tシャツも同じで、その下から、褐色のキチン質をした固い胴体が現れた。昆虫のようでもあり、エビ類にも見える。結節《けっせつ》がいく本も横に走っている。

悲鳴や叫び声が『エレクトリック・メーター』の店内にひびき渡った。

従業員、客を問わず、そこにいた者すべてが出入口に走った。

が、次の瞬間、開いた扉から流れこんできた迷彩服の軍団に押し戻された。

「全員拘束！　第一班はN2捕獲。第二班は民間人拘束！」

剣持の声が聞こえた。

三十名を超える戦闘集団が店内になだれこんでいた。そしてうち十名がアサルトライフルをかまえ、菅野を囲んだ。

「撃つな！　撃つなよ！」

牧原は必死で叫んだ。だが、遅かった。菅野であったものが向きをかえようとした瞬間、兵士のひとりがアサルトライフルを発砲した。フルオートで吐きだされた小口径高速弾がナイトメアの褐色の腹部に命中した。しかし食いこんだのは一、二発のみで、あとの弾丸はことごとく跳ねかえった。跳弾となって店内をとびかい、別の兵士や客に命中した。

再び悲鳴と叫びがおこった。

ナイトメアがハサミをふった。発砲した兵士に襲いかかり、絶叫とともに両腕をひきちぎった。

「牧原！」

剣持がどなった。

「『ウェイカー』を、『ウェイカー』を撃て！」

いわれるまでもなく、牧原は予備の『ウェイカー』を射出器にセットしていた。

剣持の声がナイトメアにも聞こえた。右腕一本をのぞき、もはやどこにも人間の痕跡《こんせき》をとどめない菅野が、上半身だけをぐるりと九十度回転させた。

ハサミがゆらりと空中に浮きあがり、シャッと開いた。牧原めがけ、つきだされる。とびのこうとした牧原は足をもつれさせた。背後に隠れている未知が邪魔で動けなかった。菅野であったものの左腕からのびたハサミが、まっすぐ顔面に迫ってきた。

とっさに『ウェイカー』の射出器でふりはらった。

ガキッという音と激しい衝撃が牧原の右手に伝わった。

牧原は呆然《ぼうぜん》と射出器を見つめた。ステンレスで作られた射出器は、ピストンの部分を残し、先の筒がすっぱりと切断されている。

その部分はふりあげられたハサミのあいだにあった。

牧原は射出器の引き金をひいた。が、内部機構に欠陥が生じたらしく、射出器は、シュッという圧縮空気のもれる音をたてただけで、ダーツは発射されなかった。

す。

「くっ」

牧原は歯がみして、くるりと背中を向けた。うずくまっている未知の体をかかえあげ、突進した。ハサミがふりおろされ、間一髪で牧原の背をかすめた。観葉樹の鉢をなぎ倒す。

「撃て!」

剣持が叫んだ。アサルトライフルによる一斉射撃の火蓋《ひぶた》がきられた。耳をろうする銃声とともに、何十発という高速弾がナイトメアの体に叩きこまれた。

「やめろ! やめろ!」

牧原は数メートルほど離れた位置で、未知を下に腹這《はらば》いになり、叫んだ。

かん高い飛翔音《ひしょう》をたて、ナイトメアの体を直撃した銃弾が跳弾となって、店内をとびかった。ピンボールマシンが粉砕され、テレビゲーム機が火の粉を吹く。またたくまに『エレクトリック・メーター』の店内は破壊された。

牧原は床に伏せたままふりかえった。ナイトメアの反撃が始まっていた。

今、菅野広志であったものは、穴だらけになった『エレクトリック・メーター』の天井に届くほどの大きさに変身していた。被弾して裂けた衣服は、もはや切れ端となってその巨体のところどころからぶらさがっているにすぎない。

たとえるならそれは、巨大なヤドカリだった。結節のある胴体から、尖《とが》った四つの爪をだし体を支え、突出した眼球と細かな触手におおわれた口をもち、巨大なハサミをふりまわしている。ハサミをもつ左腕は伸縮自在で、十メートル近くも離れた兵士を狙い、攻撃を加えていた。

　奇妙だったのは、そのヤドカリのような体から一本、人間の右腕がつきでている点だった。ナイトメアの変身は完全ではなかった。そこだけが、トレーナーにおおわれた菅野の右腕だった。

　ハサミが縦横に動き回り、そのたびに苦痛の悲鳴と血しぶきがあがる。

「しっかりしろ、立つんだ！」

　牧原は未知をかかえおこした。『ウェイカー』の射出器が破壊された今、ナイトメアを止める手だてはない。

「何なの、センセー！　いったいどうなっちゃってるの!?」

「いいからこい！」

　牧原は未知の腕をとり、駆けだした。左前方の兵士の首をはねたハサミが滑空した。

「伏せろ！」

　牧原は再び未知におおいかぶさった。頭上をハサミがかすめ、付着していた血がしぶきとなっておそいかかる。

　未知が悲鳴をあげた。

「こっちだ！　牧原！」

　剣持の声が聞こえた。兵士たちが店の隅にテーブルや椅子を使って即席のバリケードを積みあげていた。その向こうに、剣持や生き残った兵士、客や店員などが逃げこんでいる。

「くそっ」

牧原は呻《うめ》いた。震えている未知の体を抱きあげた。柔らかな感触とコロンの香りを含んだ甘い体臭が鼻にさしこんだ。

「センセー……」

乱れた髪の下から薄く開いた目で未知は牧原を見た。

「駄目、もう……」

未知の体がぐったりとした。失神したのだ。

逃げ遅れた兵士の脚をハサミがとらえた。体を泳がせ、兵士が絶叫した。ひきずられ、そして不意にその体が床に落ちた。膝《ひざ》から下の部分をつかんだハサミが悠然と店内をよこぎった。

牧原は走った。ハサミの動きには目を向けず、まっすぐ前方のバリケードをめざす。

バリケードの裏側に未知を抱いたまま転げこんだ。直後、ハサミがバリケードのテーブルを叩き壊した。

未知を床に寝かせ、牧原は向き直った。かたわらに蒼白《そうはく》になった剣持がいる。右手にSIGのオートマティックを握りしめていた。

「そんなものはしまえ。役に立たん」

カラカラにかわいた喉《のど》に空気を送りこみ、牧原はいった。

「わかってる！　だがこれではどうにもならん」

剣持も厳しい口調で答えた。聞くまでもなかった。三十名以上いた戦闘チームのうち、十数名が床に転がり、ひと目で死亡しているとわかる人間が半数以上いる。生き残った兵士たちも、銃を握りしめてはいるが、かつて遭遇したことのない〝敵〟への恐怖に顔をひきつらせていた。

牧原はほっと息を吐き、にやっと笑った。

「あんたでもカリカリくることがあるんだな」

「馬鹿なことといっている場合か。このままでは皆殺しだ」

ハサミは今、バリケードの手前一メートルほどの位置で、空中をゆらゆらと漂っていた。ナイトメアの本体とつながる左腕は、十メートル以上ものびている。

「いったいどんな遺伝子情報があんな化け物を作りだすんだ」

剣持は吐きだした。

「外はどうなってる？」

牧原は訊《たず》ねた。

「部下に出入口を固めさせた。コンテナもきている。警察に要請し、ふきんの交通はしゃ断した」

「それじゃ大騒ぎだな。応援は？」

「要請をしない限り、これ以上は一名たりとも降りてはこない」

剣持は首をふった。

「要請していないのか」

「今、要請しても犠牲者を増やすだけだろう」

剣持はいらだった口調でいい返した。

「それより『ウェイカー』はなぜきかなかったんだ!?」

「矢をはね返したのさ。最初のとちがい、今度のは見ての通りの固い体だ」

剣持は息を吐いた。

「グレアムの懸念した事態だ」

「何だと？　どういう意味だ」

牧原は剣持を見つめた。

「グレアムの予測では、ナイトメアの変態は、防御《ぼうぎょ》能力と攻撃能力のそれぞれが均等に発達するものではない、というのだ。被験者の性格によって攻撃能力が著しく向上するタイプと防禦能力が向上するタイプに分かれるらしい。したがって、このN2は、防禦能力に重点をおいた変態に分類される。そうなった場合、『ウェイカー』を体内に注入するのは困難になる」

喋《しゃべ》っているうちに冷静さをとり戻したらしく、剣持の口調は落ちついたものになった。

「また嫌な野郎に戻ったな」

牧原はいった。

「N2の母体である生徒はどんな性格だったんだ」

剣持は答えず、訊ねた。

「あんたのいった通りだ。臆病《おくびょう》なタイプだった。だが攻撃能力が発達していない、というのはどうかな」

「N2の武器はあのハサミひとつだ。その上、本体移動があまり得意ではないらしい」

「なるほどな。グレアムは自説が正しかったことを自分の目で確かめられず、さぞ残念がるだろう」

「攻撃能力を著しく発達させたナイトメアの出現に、グレアムは備えているんだ」

牧原は剣持を見た。

「どういう意味だ」

「いずれ『ウェイカー』を使用できないようなナイトメアが出現するだろうとグレアムは予測した。そのために、対抗するナイトメアを作りだし、戦わせる」

「なんだと！　あんたらは奴にまた化け物を作る薬の開発を始めさせたのか」

「あくまでも最悪の事態を想定した上での処置だ。このあとのナイトメアによっては、通常兵器では歯がたたない可能性がある」

「馬鹿なことをいうな。もとは人間なんだ」

剣持は鋭い目で牧原を見た。額には汗が光っていた。

「ジョンステッカー将軍は、戦術核の準備を在日米軍の機動歩兵部隊に命じた。今後のナイトメアの暴れかたによっては、この東京で戦術核を使用するつもりなんだ。それに比べれば、ナイトメアどうしで戦わせるほうが被害は少ない」

　声はすぐかたわらにいる牧原ですら聞きとりにくいほど低かった。

「何て奴だ……」

　牧原はつぶやいた。さすがに声がかすれていた。

「我々としては、東京での核の使用など何としても許すわけにはいかない。ならば、怪獣映画の世界のような戦いを選ぶしかない」

　牧原はバリケードのすきまからナイトメアに目を移した。

　ナイトメアは、そのハサミを含め、今、まったく動きを止めていた。

「N2は、完全に人間に戻っていたのか」

「いや、あのハサミだけが元のままだった。ひょっとしたら、またその状態になるかもしれん」

「ならば『ウェイカー』を使えるな」

　牧原は唇を嚙《か》んだ。射出器は破壊されたが、ダーツは無傷で残っている。不完全変態の菅野広志に、このダーツをつき刺すことは可能だろう。ただしその場合、菅野は死亡する。

　だが、そのほうがもはや、菅野にとっては幸福かもしれなかった。菅野には、ナイトメアであったときの記憶が、わずかかもしれないが残っているようだ。たとえ薬のせいだとしても、自分が怪物に変身し、殺戮《さつりく》をおこなったという苦しみからは逃れられない。

「一佐――」

バリケードの後方で無線による地上との交信をおこなっていた兵士がにじりよった。

「上から、指向性爆薬の使用を検討してはどうかといってきました」

「まだ早い」

剣持はいった。兵士はひきさがり、小声で通信を始めた。

牧原は剣持を見やった。この地下で爆薬の使用は危険な事態を招く。密閉された空間と同じ店内では、たとえ破砕手榴弾一発であっても、内部にいる人間の鼓膜や呼吸器に激しいダメージを与えるのだ。その上、ビル全体の倒壊をひきおこしかねない。

『エレクトリック・メーター』が地下にあるせいで、秘密保持は比較的容易になっている。が、ナイトメアに対する攻撃方法も限定されていた。

牧原は足もとの未知に目を移した。目を閉じている未知は、年相応の少女の顔をしている。

「牧原」

剣持が声をかけた。

「陽動してくれ」

牧原は小声でいって、腰にさしこんでいた射出器をひき抜いた。壊れた本体からダーッだけをとりだした。

「ナイトメアは動くものに対して攻撃をかけてくる。そっちが注意をひきつけてくれれば何とかなるだろう」

「どこにそれを使うんだ」

剣持は探るような表情で、牧原の手の中のダーツを見つめた。

「菅野の右腕だ」

店の奥に立ちはだかったナイトメアの本体を目でさし、牧原は答えた。

「たぶんあの右腕だけは、人間の組織をそのまま残している筈《はず》だ」

「N2が人間に復元するのを待つ方法もあるぞ」

「植田会の事務所を襲ったときの状況を考えてみろ。奴はそこにいた人間をほとんど皆殺しにしてから復元したんだ。動かなくはなっているが、ここにまだ敵がいるってことを、奴は認識している。戻らんさ。俺たち全員を無力化するまではな」

剣持はその言葉を嚙《か》みしめるように考えていた。

「かもしれんな」

「となればやってみるしかない」

「わかった。本体を外して銃撃を加える。本体では跳弾のおそれがあるからな」

SIGをつかみだし、剣持は答えた。手で合図を送る。バリケード後方で腹這《はらば》いになっていた兵士たちが匍匐《ほふく》前進を始めた。

剣持は小声で指示を与えた。銃撃はバリケードの中央部と左サイドからおこなう。牧原は右サイドのすきまからバリケードを抜けだし、店内を回りこむようにしてナイトメアに近づく。

「この作戦がうまくいかなかったら指向性爆薬をおろさせる。ここの人間を皆殺しにしたあと、奴が地上にでていくのを見すごすわけにはいかん」

剣持はいった。

「この子を頼む」

牧原は頷《うなず》き、目で未知を示した。

「わかった」

牧原はゆっくりとあとずさった。バリケードのすきまからのぞくと、ハサミはちょうど地上から一メートルくらいの高さで停止していた。

バリケードのすぐ手前まで集結した兵士のうしろを回りこみ、右はしにたどりついた。そこはちょうど『エレクトリック・メーター』のキッチンの出入口にあたっている。積みあげられたテーブルや椅子のすきまを這いだすのは、かなり苦心しそうだった。

牧原は頭上を見あげた。バリケードは天井近くまで築かれていた。が、その上なら、人ひとりくぐりぬけるすきまはありそうだ。

牧原はバリケードのひとつであるテーブルに片足をかけた。陽動のための射撃が開始されたらぐずぐずしている暇はない。ハサミはバリケードをつき破って攻撃を加えてくるかもしれず、そうなれば今までの膠着《こうちゃく》状態が天国のように思える事態になるだろう。

見守っている剣持に頷いた。

「ハンドスピーカーを」

剣持が部下にいった。所有していた兵士から、手から手にハンドスピーカーが渡り、最後に剣持の手に届いた。

再度、牧原は剣持に合図を送った。剣持はハンドスピーカーを口にあてた。

「菅野くん！」

剣持の声が店内に響き渡った。ハサミがすばやく反応した。しゅるしゅると真横に滑り、声のでどころを探るようにバリケードの近くを動きまわる。

もちろん肉声でも、ナイトメアに届く距離だった。ハンドスピーカーを使ったのは、さらに大きな声をだし、ナイトメアの注意をひきつけると同時に、牧原がたてる音をカモフラージュするためだった。

「我々は、君が東河台高校生徒の菅野くんであることを知っている。そしてまた、今、君がたいへん苦しい思いをしていることもだ。君は病気なのだ――」

牧原はバリケードをよじのぼり始めた。しっかりと積まれているようでも、ひとつひとつは、テーブルや椅子である。力のかけかたをあやまれば崩れるおそれがあった。

ダーツはいつでも手にもてるよう、口にくわえていた。

「――君のその病気を、我々は治療したいと願っているんだ。君に私のいっていることが理解できるなら、返事をしてはもらえないだろうか」

反応はなかった。ただハサミだけがゆらゆらと動き回っている。

「また、君がもし、自分の意志で、もとの菅野くんの姿に戻れるなら、ぜひそれをしてほしい。ここには、おおぜいの傷を負った人間がいる。彼らを一刻も早く、病院に連れていきたいのだ――」

バリケードのほぼ頂上にまで、牧原は達していた。あとひとまたぎで、バリケードをこえられる。

「我々は本来、君を傷つける意志はなかった。聞いてほしい、菅野くん」

牧原は両手でバリケードの頂きにぶらさがったまま、すきまに顔を寄せた。

ナイトメアに変化はなかった。

不意にハサミがバリケードの向こうを移動していき、びくっとして牧原は首をそらした。ハサミにも目があれば、牧原の姿を認めたろう。

「キミがもし、我々の願いに応じてくれるなら、ただちに君を病院に運びたいのだ」

一斉射撃を浴びせたあとで告げる言葉ではなかった。牧原は額や首に汗が伝い落ちるのを感じながら聞いていた。

カシャカシャ、というひそやかな金属音が足もとから聞こえてきた。剣持の右手の指示に従って、兵士たちが銃の安全装置を解除し、ナイトメアに照準をあわせたのだった。

その銃口の大半は、ハサミのついた腕と、本体の足もとに向けられている。

「菅野くん、返事をしてくれたまえ」

いって剣持はスピーカーをおろし、目をすきまにあてた。背後にかかげた右手がぱっと開かれた。ゆっくりと親指から順番に指を折っていく。
五、四、三、二、一――。
最後の小指が折れるのを見届けず、牧原は行動をおこした。バリケードのてっぺんに体をひきあげ、またぎこえた。

銃声が炸裂《さくれつ》した。銃弾がナイトメアの左腕と足もとの爪《つめ》を狙《ねら》って浴びせかけられる。ハサミがのたうち、そしてバリケードにおそいかかった。ソファ型の椅子につき刺さり、背もたれをつき破って奥へと進んでいく。腕がくねって、その上に積まれたテーブルをはらい落とした。

牧原はバリケードの頂上からとび降りた。

悲鳴があがった。アサルトライフルをつかまれた兵士のひとりがストラップを肩から外す暇もなく、バリケードの外へとひきずりだされたのだ。

剣持がハサミの根もと部分を狙ってSIGを接射していた。銃弾はことごとくはね返されている。

それらを目に留めながら、牧原は床に着地した。ハサミが兵士を離した。ふりかえるように牧原を狙った。

剣持がバリケードの陰をとびだした。倒れている兵士の体からアサルトライフルをもぎとった。

牧原は走りだした。ハサミが追ってくる。だが向きをかえた。剣持がアサルトライフルの銃身を左腕にふりおろしたからだった。

倒れているテーブルや死体をまたぎこえ、牧原はくわえていたダーツを右手に握りしめた。

ナイトメアの武器があのハサミ一本であることを祈った。もし新たな爪なり触手なりが、胴体から生えてきていたら万事休すだ。

「牧原！」

剣持の叫び声が聞こえた。

ふりかえった。矢のようにハサミが空中を飛んでいた。まっすぐ牧原めがけてくる。だがナイトメアの本体まで、あと数歩だった。牧原はスライディングするように身を低くしてつっこんだ。

ジャキッという身も凍るような音が頭上でした。ハサミが空を切ったのだった。

そして目前に、だらりとさがった右手があった。

「菅野っ」

牧原は叫びながらダーツをその掌につきたてた。内部にこめられたガスが一瞬で、『ウェイカー』の薬液を注ぎこむ。

ハサミがふりかぶられた。牧原はダーツを離し、転がりながら手をふりまわした。倒れていたストゥールの脚をつかんだ。

おりてくるハサミをストゥールの一本脚で受けとめた。

ガキッという音をたて、火花が散った。鉄でできた脚がくの字に曲がる。

十三秒。

つきたてた瞬間から牧原は心の中でカウントダウンを開始している。今、七秒を切ったところだった。

ハサミはさらにふりかぶられ、叩きつけるようにふってきた。しかも受けとめようと再度ストゥールをかまえた牧原の意図を見こしたかのように、空中で向きをかえ、閉じた切っ先を下につっこんでくる。

牧原は必死に体をよじった。耳をかすめ、床板をつき破ってハサミが刺さった。

四秒。

ハサミをひき抜こうと左腕がもがいた。牧原は転がり、膝《ひざ》をついた。

ハサミがひき抜かれた。低い位置から、まるで足ばらいをかけるように横殴りに飛んでくる。

あとがない。牧原は両腕でブロックした。ハサミの背の部分が牧原の腕に衝突した。

そのまま弾きとばされる。

牧原は呻《うめ》きながらピンボールマシンに体を激突させた。息が詰まり、意識が遠のく。

頭をふり、目をみひらいた。ハサミが今度は床から一メートルの高さで大きく開かれた。狙《ねら》いは牧原の首だった。

しゅるしゅると進んでくる。

一秒。

ガッとふたつの爪先《つまさき》がピンボールマシンの横腹に刺さった。開いたハサミの中に牧原の首があった。閉じればその瞬間、牧原の胴体と離ればなれだ。

牧原は両手でハサミをつかんだ。外側から、閉じる力に抗って開こうとした。だが血のりのこびりついたキチン質の刃はすべりやすかった。

駄目か。

その思いがよぎった。首をそらし、下目づかいでハサミを見つめた。

そのとき、ハサミがひき抜かれた。まるで機械じかけのように、本体に向かって猛スピードで戻り始める。ハサミが勢いよく本体に戻った。埋まるように本体におさまる。

『ウェイカー』が効いた。牧原は荒い息のまま、ナイトメアを見つめた。

ぶくぶくと白い泡をナイトメアが吐き始めた。見る見るうちに、その輪郭はぼやけていった。

牧原は指一本動かすことができずに、ナイトメアに起こった変化を見つめていた。それは剣持ら自衛隊員も同じだった。かまえたアサルトライフルの狙いを外すことなく、しかし、発砲をためらっている。

ナイトメアの本体が吐きだした泡の中に隠れた。しぼむようにその大きさがちぢんでいる。

不意に泡が揺れた。はっとしたように兵士たちが引き金に指をあてた。

「待て！」

牧原は叫んだ。泡の中から黒い影が転がりでた。

菅野だった。体をくの字に折り、全身を激しく痙攣《けいれん》させている。左腕にはまだハサミが残っていた。

「菅野！」

のたうちまわっていた菅野の顔が牧原を見あげた。とてつもない苦痛にさいなまれ、歪《ゆが》んでいる。

「菅野――」

牧原はにじりよった。

「せ、先、生……」

ふりしぼるような言葉を菅野は吐きだした。

「しっかりしろ、すぐに病院に連れていってやるからな」

牧原は菅野の肩をつかんだ。まるで頭からシャワーを浴びたように濡《ぬ》れそぼっている。

菅野は首を振った。

「し、死んじゃうよ、俺……」

「馬鹿をいうな。大丈夫だ。もうお前の悪い夢はさめたんだ」

菅野は目をみひらき、言葉を押しだすように大きく口を開いた。

ごぼっという音がその喉《のど》の奥でした。大量の鮮血がその口から吐きだされた。

ベキ、ベキッと、骨の砕ける不気味な音がつづいた。

牧原はどうすることもできず、菅野を見つめていた。下半分を血で染めた菅野の顔ががっくりと落ちた。

牧原は唇を噛《か》んだ。手をのばし、菅野の頸動脈《けいどうみゃく》を探した。触れてみるまでもなかった。菅野は絶命していた。

牧原は今度は掌で菅野の顔をおおった。みひらいていた瞳《ひとみ》を閉じてやる。

床に手をつき、ゆっくりと立ちあがった。

「牧原」

剣持がバリケードの向こう側から姿を現した。

牧原は顔をそむけた。何も言葉を口にしたくはなかった。

「くそっ」

低く吐きだした。バリケードの方を見やると、未知がこちらを見つめていた。意識をとり戻したようだ。

「帰るぞ」

牧原はいった。

「牧原！」

剣持が再びいった。

「あと始末はそっちの仕事だろう。こっちは明日も授業がある」

牧原は剣持を見やり、いった。剣持は何かをいいかえそうとするように口を開いたが、牧原の顔を見つめ、口を閉じた。

牧原は未知の手をつかんだ。

「送っていってやる」

「待て――」

剣持があわてて追いすがった。

「その子を帰すわけにはいかん。秘密保持の問題がある」

牧原は剣持のほうはふりかえりもせず、未知を見つめた。

「今夜のことを喋《しゃべ》ったら、両親呼びだしだ。学校にいられなくなるぞ」

未知は青ざめた顔を激しく動かした。

「喋らない、絶対に。……だって、誰も、信じてくれるわけないいじゃない」

「それでいい」

いって、牧原は剣持を見た。剣持は険しい表情を浮かべていた。

「それだけではない――」

「充分だろう。この子は死にかけたんだぞ」

剣持はぐっと奥歯を嚙みしめた。

「勝手にしろ！　ただし、万一、どこからか情報が洩《も》れたら、そのときは、その子を逮捕するからな」

「無用な心配だ。ナイトメアはまだ他にもいる。遅かれ早かれ、マスコミが嗅《か》ぎつけるさ」

牧原はいいすてて未知の背を押した。

「いくぞ」

立ちつくし、やりとりを見守っていた兵士たちのあいだをすりぬけて、地上への階段を上っていった。

9

地上はすでに明るくなっていた。数十台のパトカーが道路をしゃ断し、自衛隊の特殊車輛《しゃりょう》とコンテナトラックが止まっている。

周辺には早朝というのに、百人近い野次馬が群がっていた。

それをかきわけ、牧原は通りかかったタクシーを止めると、未知を押しこみ自分も乗りこんだ。

「お前さんのアパートはどこだ？」

「下北沢」

いって、未知は両手で顔をおおった。

運転手に行先を告げ、牧原はシートに背中を預けた。打ち身で全身が疼《うず》いている。目を閉じた。未知のすすり泣きが聞こえてきた。ヒステリーをおこさないだけでもまだましだった。

下北沢につくまで未知は泣きつづけていた。

未知の住居は、駅からやや離れた位置に建つ、洒落《しゃれ》たマンションだった。明るいグレイのタイルをはりめぐらせた十一階建てだ。

マンションの前でタクシーを止めさせると、牧原はいった。

「もう今日は寝て、すべてを忘れろ。学校は病欠でいい」

はっとしたように未知が手をおろした。

「センセー、帰っちゃうの」

「あたり前だ。ひとり暮らしの女子生徒の部屋に――」

「やだっ」

未知は叫び、子供のように首をふった。

「いっしょにいて、センセー。恐いよ」

牧原はためらった。未知の恐怖も無理からぬものがある。

「――わかった。お前が落ちつくまでいっしょにいよう」

未知はこっくりと頷《うなず》いた。小悪魔のような生意気な仕草は消え、年相応の少女の顔になっていた。泣き腫《は》らした目で、すがるように牧原を見つめている。

タクシーを降りたふたりは、エレベータで八階にあがった。

未知の部屋は豪華な1LDKだった。女の子の部屋とわかるヌイグルミやポスターの数は多いが、整頓《せいとん》され、掃除もいきとどいている。

リビングルームのソファに牧原は腰をおろした。未知も隣りにすわり、しばらく動かなかった。

ベランダにつづく窓におろされたレースのカーテンごしに、朝陽がフローリングの床にさしこんでくる。

「――何か飲む？　センセー」

やがて未知が身じろぎし、訊《たず》ねた。

「いや、気にするな。眠れそうなら寝ちまうことだ」

牧原はいった。

未知は首をふった。

「駄目。ぜんぜん眠れそうにない。ビール、飲まない？」

立ちあがり、キッチンの冷蔵庫の前に立った。バドワイザーの缶を二本、手にして戻ってくる。

「未成年者が何いってる」

牧原はいった。が、あんな経験をした直後では、目くじらをたてる気にもならない。

「ビールくらい飲ませて」

未知はつぶやき、プルトップを引いた。牧原もしかたなく手をのばした。

「ねえ」

ビールをひと口飲んだ未知がいった。

「センセーって、何者なの」

「そんなこと訊《き》いてどうするんだ」

牧原もビールをあおり、いった。

「別に。でも、今夜のこと、センセーとしか話せない。だったらセンセーのこと教えてよ」

「忘れちまえ」

「いいよ、忘れられるなら。明日、じゃなくて今日か。あたしが学校いったら、菅野が何もなかったようにきてたら、忘れるよ。でも菅野はこないでしょ」

「……ああ」

牧原は低い声でいった。

「センセーも自衛隊？」

「今はちがう」

「いたことあんの？」

「教官をやっていた。だから教師と同じだ」

「何、教えてたの」

「戦い方」

牧原は未知のほうは見ずにいった。未知が探るような視線を向けてきているのは、痛いほどわかる。

「戦い方って……」

「俺の専門は、都市ゲリラ戦だ」

「どこでそんなこと勉強したの」

「外国だ。俺はお前さんと同じ年くらいのときに外国にいき、特殊部隊訓練をうけた」

「戦争したの、どこかで」

「した」

牧原は煙草をとりだした。女子高生のひとり住居なのに、クリスタルの灰皿がセンターテーブルにはおかれている。

「人も殺したの？」

答える前に牧原は煙を吐きだした。

「ああ」

「恐くなかった？」

未知を見やり、牧原は答えた。

「恐かったからこそ殺したんだ。死ぬのが恐かったからだ」

「いつもじゃない。慣れてくると、体が飢えてくる」

「飢えるって?」

「いつも?」

なぜ俺はこんな話をしているのだろう——牧原は思った。が、今さら打ち切るわけにもいかなかった。未知はショック状態からぬけでようと手探りをしており、そこに牧原との会話があったのだ。

「今度こそ死ぬかもしれない、と思い前線にいく。実際に仲間がバタバタと死ぬ。だが、自分は生きのびて帰ってくる。その生きて帰ってきたときの充実感は、他のどんな仕事をしていても得られない。それに、そうして前線を離れているときは何も恐くない。生きのびた、それだけで自分が何をやっても平気になる」

「お酒を飲んだり、セックスをしたりするの?」

「——そうだ。先のことは何も考えないし、考えられない。だからとても楽といえる。東京にいて、会社のことや家のローンのことをちまちまと考えているような暮らしとはまるでちがう。生きていられた、ただそれだけで自分にごほうびがやれるんだ。だが、ずっとそんな暮らしをしていると、また、体が恐怖に飢えてくる。生きのびたい、と思うような危険の中に自分をおきたくなるんだ」

「ジェットコースターみたい。恐いけど、終わるとまた乗りたくなる。ほっとしたときがすごく気持いいから」

「似たようなものかもしれんな」

牧原はビールを飲んだ。

「菅野はクスリのせいでああなったの?」

「それは知らなくていい」

「もしそうじゃなかったら……もしあれがなにか伝染病みたいなものだったら、あたしもああなるの」

牧原は驚いて未知を見た。未知は思いつめた目をしていた。

「いや、あれはうつらない。大丈夫だ。お前はあんな風にはならない」

「じゃ、クスリなの?」

牧原は息を吐いた。

「そうだ。いってみれば副作用のようなものだ。妙なクスリには手を出さんことだ」

「まだ他にも、あんなになる人はいるの」

「かもしれん」

「やだ!」

未知は叫び、顔をおおった。

「あたし恐いよ」

「大丈夫だ。そこいらじゅう化け物だらけというようにはならん」

牧原はいった。

「何とかって、呼んでたよね。菅野のこと」

「ナイトメアだ」

「ナイトメアって、悪夢のことでしょう」

「ああ」

「夢が人を襲うなんて、まるでエルム街のフレディみたい……」

もっとひどい。『エルム街の悪夢』からは、眠りさえしなければ逃げられたが、このナイトメアは起きているときですら襲いかかってくる。牧原は思った。

「――センセー」

「何だ？」

「抱いてよ」

「馬鹿いうな」

「やだ。抱いて」

未知は迫ってきた。

「子供には興味はない」

牧原はつきはなした。

「子供じゃないもの」

牧原は目をそむけた。

確かに今の未知には、路上で会ったときの華やかさとはまた別の、大人っぽさがあった。

「センセーいったじゃない。生きのびられたときはセックスをするって」

「それは戦場の話だ」

「でも死にかけた、今日。未知もセンセーも」

「だが、俺はお前を抱かない」

「嫌いなの？　あたしが」

「そうじゃない。お前がもし、あとみっつ上なら抱いているさ」

「じゃあ、どうして今抱いてくれないの」

「だからいってるだろう。子供は抱く気がしない、と」

不意に未知が立ちあがった。背中に手をのばした。ファスナーをおろす音がして、ミニのワンピースが足もとに落ちた。

「よせ」

牧原はいったが、未知はやめなかった。

ブラジャーを外した。形のよい胸が露わになった。子供とはとてもいえないふくらみだった。

大胆なレースのショーツを未知は着けていて、それにすら手をかけた。

「これでも子供なの」

「わかった、お前は子供じゃない」

「じゃ、抱いてくれる？」

「今日はもうがたがたなんだ。勘弁してくれ」

「やだ」

涙声になっていた。

牧原はそむけていた顔を回し、未知を見た。

「お願い。いっしょにいて、センセー」

牧原は未知と見つめあい、深く息を吸った。

未知の目から大粒の涙がこぼれ落ちた。

「眠るまではいっしょにいてやるよ」

未知がとびついてきた。あたたかな体だった。

牧原はけんめいに理性を働かせた。欲望が体の中の奥からつきあげてくる。

未知の体を抱きあげた。ロックバンドのポスターがはられた奥のドアを開く。

甘い香りのこもったベッドルームだった。未知の腕が牧原の首に巻きつき、牧原は下半身が力を得ていることを意識した。セミダブルベッドがおかれていた。

そこに未知をよこたわらせた。未知の腕は牧原の首を離れない。

「キスして」

未知がいった。

しかたなく唇に唇をあわせた。そのまますぐに離そうとすると、牧原の首にしがみついた。

生き物のような舌先が牧原の歯をこじあけ、入りこんできた。牧原の口の中で暴れまわる。

「――もうどうなっても知らんぞ」

牧原は荒々しくいい、自分のシャツをむしりとった。

10

未知は処女でこそなかったが、そのセックスはまだ幼かった。牧原が抱いてやったことで心のバランスがとれたのだろう。一時間ほどすると軽やかな寝息をたて始めた。それは牧原がかたわらをぬけだしても止まなかった。

牧原は手早く衣服を身につけた。

やるせない苦さが牧原の心の中で渦まいていた。自己嫌悪だった。

同時に、殺しのプロであるくせに、ひとりの少女を抱いたというだけで、これほど動揺している自分をもてあましてもいた。

未知のマンションをでた牧原はタクシーをひろい、自分の部屋に戻った。シャワーを浴び、衣服をかえて届けられた朝刊を広げた。

昨夜の事件は、いっさい載っていない。もちろん情報統制がしかれていることもあるが、リークがあったとしても、あの時刻では朝刊の締切りにはまにあわない。

牧原が捜したのは、別の、ナイトメアによると思われる事件が起きていないかだった。なかった。新聞を畳み、インスタントコーヒーを入れた。新しい煙草の封を切り、火をつけたが、味がしない。

渋谷のディスコ『メイプル』で捌《さば》かれた『ナイトメア90』は五錠だった。ひとり一錠で五人に渡ったと考えると、あと三人が『ナイトメア90』を所持、または服用していることになる。その三名はまだ服用していないのだろうか。

もし服用しているなら、騒ぎが起こっていて不思議はない。

牧原はまずい煙草をもみ消し、コーヒーをすすった。

それともグレアムがいったように、一度ナイトメアに変態しておきながら、もとの人間の姿に戻っている者がいるのか。

菅野はいったん人間に戻ったが、一部、左手だけが不完全だった。が、もし完璧《かんぺき》に人間の姿に戻っているなら、簡単には見分けられそうにない。

東河台高校の生徒の中には、まだ『ナイトメア90』を所持、または服用している者がいる可能性があった。

たとえば、菅野と仲のよかった倉沢洋一だ。

倉沢が今日、登校してくるようなら観察してみよう、と牧原は思った。

倉沢洋一は登校していた。牧原は授業のあいまに、倉沢の担当教師からそれとなく倉沢の顔を教えてもらった。

倉沢洋一は、東河台の〝チームリーダー〟という評判とは裏腹に、もの静かな雰囲気を漂わせた生徒だった。

身長はかなり大きく、百八十センチは軽くこえている。均整のとれた体つきをしていて、マスクも甘い。あれならかなり女子生徒にも人気はあるだろう、と牧原は思った。教師のあいだでの倉沢の評判はさほど悪くはなかった。授業態度も良く、成績も上位の部類に入っている。ただし、校外の行動についての噂《うわさ》も教師の耳には届いていて、「あいつは大人だからネコをかぶっているんですよ」と話した、生徒指導担当の教師もいた。

牧原は倉沢の下校を待って、あとを尾けることにした。

菅野が登校しなかったことに関して、まだ校内では何の問題にもなっていなかった。菅野は無断欠席や遅刻の多い生徒で、そういう点では、倉沢よりはるかに「問題児」だったからだ。

午後三時、授業が終わると、倉沢はまっすぐに東河台高校をでていった。連れもおらず、ひとりで渋谷駅に向かう道を歩いていく。

牧原は少し離れたうしろを、他の生徒たちに混じって歩いていった。

倉沢の自宅は南平台にある高級マンションだった。そこに倉沢はひとりで暮らしているのだ。両親はそろって外国にいる。

南平台は、東河台高校とは、渋谷駅をはさんだ反対側にあった。

倉沢はまっすぐ自宅に向かっているようだ。駅を抜け、国道二四六号に沿った坂道をのぼっていく。

やがて斜め左に折れ、住宅街に入った。豪壮な邸宅や超高級マンションが建ち並ぶ、都心にしては閑静な一角だった。人通りも勢い、少なくなる。

倉沢の二十メートルほどうしろを、牧原は歩いていた。倉沢は学校をでてからは一度もあとをふりかえっていない。

その倉沢が突然、立ち止まった。左右を高級マンションにはさまれた細い一方通行の道だった。歩道はガードレールで車道としきられている。

倉沢は鞄《かばん》をつかんだ左手を左肩にかけ、歩いていた。立ち止まるとその左手をおろした。

鞄をもちかえようというのか。牧原はさりげなく電柱の陰にかくれた。

「先生」

声をかけられた。あたりには人がいなかった。牧原は電柱の陰から進みでた。

倉沢がこちらを向いていた。

「何か、俺に用ですか。ずっと、あとを歩いてきたでしょう」

倉沢の口調は淡々としていた。目にもさほど強い光は宿っていない。どちらかといえば、面倒くさげな表情を浮かべている。

「ばれていたか」

牧原はいって、電柱によりかかった。

「先生は確か、体育の新任ですよね」

「そうだ。牧原だ。君は二‐Cの倉沢洋一だろ」

「何なんです、これって」

牧原は息を吐き、あたりを見回した。

「二‐Bの菅野広志を知ってるな」

「ええ」

「今日、休んでいたろう」

「そうすか」

「無断欠席なんだ。何か知らないか」

「――いや、知らないすね」

「そうか」

「それだけですか」

牧原は首をふり、まをおいた。倉沢の表情に変化はない。

「『メイプル』ってディスコを知ってるか」

「ツブれたところでしょう」

「ああ。何回かいったのか」

「まあね」

いって倉沢は肩をすくめた。

「あそこで、何か、変なクスリを買わされなかったか、キヨシという売人に」

「知らないすよ」

倉沢はまったくの無表情で答えた。

牧原はじっと倉沢を見つめた。嘘《うそ》をついているとも、ついていないともとれる。ひとつだけはっきりとしているのは、倉沢には何の緊張もないことだ。菅野の無断欠席や『メイプル』で売られた『ナイトメア90』の話をしても、その表情に一切、変化はない。しかもそれらに関する情報を牧原がもっているとちらつかせても、何の興味も示してこないのだ。

「何ですか。まだ何か用ですか」

倉沢は投げやりな口調でいった。

「いや、悪かったな。変な思いをさせて」

「別に。何とも思ってませんよ」

何とも、に力をこめ、倉沢はいった。そこには、牧原本人に対しても何の脅威も感じていない、という意思表示があった。

(生意気な小僧だ)

牧原は思った。が、確かに倉沢には他の生徒たちからは感じられない、一種、超然とした雰囲気があった。

「もし何か困ったことがあったら、個人的にだって相談にのるぞ。いってくれ」

馬鹿にしたように倉沢は鼻を鳴らした。

「何もありませんから。じゃ」

くるりと背を向けた。牧原をその場に残し、歩き去っていく。それを見送り、牧原は息を吐いた。

しかたがなかった。今夜もまた、渋谷の街を見まわるまでだ。


三日間が何ごともなく過ぎた。未知は翌日から登校してきたが、その変化のなさは牧原も拍子抜けするほどだった。校内で牧原と顔を合わすことがあっても、軽く会釈するだけで、話しかけてこようとすらしない。

もしべたべたされるようなら困ったことになる——そう心配していた牧原にとっては、いったいあれが本当にあったことなのかどうかすら疑わしくなるほどの醒《さ》めたようすだった。

そして、週末になった。

ミッションスクールである東河台学園は、土曜日が休校となる。金曜の夜と土曜日が、生徒が最も多く街にくりだすときなのだ。

金曜の夕方、職員室にいた牧原に外線で電話がかかった。剣持だった。

「話しあいたいことがある」

「クビにするってのなら、してくれていいぞ」

牧原はいった。

「そうしたいのはやまやまだが、現段階では任務を続行してもらう他ない」

冷ややかに剣持は応じた。そしてつづけた。

「今日の夜、どこかで会って飯でも食おうじゃないか」

「あいにくだな。このところ女生徒からデートの申しこみがひっきりなしでな。週末はその連中とホテルをハシゴするんで手いっぱいだ」

さすがに剣持の声がはねあがった。

「何だと!?」

「冗談だ。六本木にこいってのか」

「いや、防衛庁はまずい。こちらがそっちにいく」

少し考え、剣持は公園通りをあがったところにあるホテルのロビーを指定した。NHKの近くだった。

「わかった。そっちはひとりか」

「いや……。ひとり連れがいる。お前がまだ会ったことのない人物だ」

「じゃあ、そいつにはくれぐれも制服を着てくるなといってくれ。そのあたりは、うちの生徒の縄張りだ」

周囲に他の教師の姿がなかったこともあり、牧原はいった。

「その点は大丈夫だ。時間は八時でどうだ」

「けっこうだ」

「ではあとで」

剣持はいって電話を切った。

東河台学園をでた牧原は、一度帰宅した。『ウェイカー』の射出器は、菅野が死亡したその日のうちに、牧原のもとに〝補充〟されていた。菅野については、政府の人間が海外の両親に連絡をとり、どのていどまで事実を告げたかどうかはわからないが、厳しい箝口令《かんこう》をしいたようだ。その翌日、「長期休学」の届けが、国際電話を使った父親によってだされた。クラスメイトなど一部の生徒たちは、菅野に何があったのか怪しんでいるようだが、さすがに死亡したとまで思っている人間はいない。未知もそれについては沈黙を守っているらしい。

牧原はコーデュロイのパンツにニットのジャケットを着た。『ウェイカー』の射出器とSIGの九ミリを左右の肩の下にホルスターで吊るす。徒歩で待ちあわせ場所に向かった。

金曜日の宵ということもあって、渋谷の街には大勢の若者がでていた。サラリーマンやＯＬなどに比べても、圧倒的に十代の学生、それも高校生くらいのミドルティーンが多い。

彼らは社会人のような、どこかで飲み食いするという目的よりも、とにかく街の空気に自分の身をおいていたいという欲求が勝っているように見える。缶コーヒーやファーストフードの紙コップなどを手に、路地路地にかたまり、ガードレールや舗道のへりに腰をおろして車座になっている。特にどうという理由もなく集まり、談笑しているのだ。

そのようすは、東南アジアやアフリカなどの開発途上国で牧原がかつて見た光景を思いおこさせた。

そうした亜熱帯や熱帯の国では、各家庭にエアコンなどの空調設備もなく、またテレビのような娯楽がいき渡っていないこともあって、人々がとにかく街頭にたむろしている。

街頭で通行人を眺めたり、車座でお喋《しゃべ》りをかわすことで夕刻の暇をつぶすのだ。そんな土地では、ちょっとした交通事故や喧嘩《けんか》が、格好の娯楽となる。何かあればまたたくまに野次馬が集まり、その数はふくれあがって、激しいやりとりが始まる。いったい誰と誰が当事者であったのか、五分もすると見わけがつかなくなるほどだ。

しかし街頭にでてくるという行為は娯楽を求めていると同時に自己防衛のためであったりもする。

すなわち新聞やテレビなどの情報伝達機関があまり発達していないか、機能はしていても信頼のおけない場合など、民衆は〝肌〟でクーデターや内乱などのおこる可能性を探っているのだ。

自分の身を自分で守るために、常にレーダーをはりめぐらせておく必要があるわけだ。実際、そこでは、口づたえであっても〝噂《うわさ》〟が流れるスピードは早く、情報はあっというまに伝達される。

日本で、若者たちが街頭にたむろする理由が、それらの国と同じである筈《はず》はない。が、牧原は、ふと、彼ら若者が、どこかでマスメディアを疑い、肌で危機感を感じているのではないか、と思わずにはいられなかった。

約束より五分早く待ちあわせのホテルに着いた牧原だったが、剣持はそれよりも先に到着していた。

紺のダブルのスーツに身を包んだ剣持は、ロビーに配された革ばりのソファにすわっていた。かたわらにいるのは、明るいグレイのスーツを着けた女だ。

牧原はふたりの前に立った。女が、ウェーブのかかった髪を額からかきあげながらあおぎ見た。

美人だった。大きな瞳《ひとみ》が驚いたようにみひらかれ、牧原を見つめている。色が白く、さほどの化粧はしていないにもかかわらず、彫りが深いので人目を惹《ひ》く顔だちをしている。

年齢は二十七、八だろう。タイトスカートの裾《すそ》から黒のストッキングに包まれたきれいな太腿《ふともも》がのぞいている。崩れたところはみじんもないのだが、男を意識させる色気はたっぷりともちあわせていた。

「来たか」

剣持は表情もかえず、いった。

「こんな美人が待ってると知ってれば、もっと早く来たさ」

「あいかわらずへらず口だな」

剣持は立ちあがった女を牧原に紹介した。

「こちらは、防衛医大の宇野《うの》先生だ」

「女医さんか」

「専門は精神医学ですわ、牧原さん。戦場における兵士のストレスとその影響に関して」

宇野はいった。

「俺のストレスを調べに？」

牧原は眉《まゆ》を吊《つ》りあげてみせた。

「まさか」

宇野は微笑《ほほえ》んだ。そして剣持をふりかえった。

「このメンバーで、先生といわれるのは何となく気はずかしいですから、わたしのことは名前で呼んで下さい。あけみでけっこうです」

「宇野あけみさんか」

牧原はいった。あけみは牧原の目を見つめ、一拍おいて、

「ええ」

と頷《うなず》いた。

「牧原さんのことは、剣持さんからいろいろとうかがっていました。ですが、わたしが想像していた方とはかなりちがっています」

「そいつは外見のことかい。それとも人間性か」

「人間性についてはまだ何もわかっていませんわ」

「それもそうだ」

牧原は頷いた。剣持が割って入った。

「食事にいこう。この先にあるレストランを予約してある」

牧原はにやりと笑った。

「国費で官食以外の飯を奢《おご》ってもらえるとはな」

剣持が予約していたレストランは、田舎風のフランス料理をだすビストロだった。ビルの地下にあり、三人は縦長のその店のいちばん奥の席についた。近くにウェイターでもこない限り、話を聞かれる心配はない。

席につき、料理を注文すると、剣持は口火を切った。ワインの銘柄はあけみが選んだ。

「先生――あけみさんは、今回の件については、お前と同様、機密の守秘義務を背負っている」

「つまり全部知っていると？」

牧原はあけみを見た。あけみは頷いた。

「ええ。十八時間前まで、わたしはグレアム博士といっしょにいました――」

「ちょっと待ってくれ」

牧原は手をあげ、話をつづけようとするあけみを制した。

「だったら訊《き》いておきたいことがある」

「何ですの？」

「あんたも例の薬の開発にかかわっているのか」

「牧原――」

剣持がうんざりしたようにいった。

「どういうことかしら？」

あけみは小首をかしげた。

「あけみさん、この男はグレアムをひどく嫌っているんです」

「お前は尊敬しているのか？」

「そういう問題じゃない」

「役人みたいな口をきくなよ、剣持。俺たちが見てきたものは、役所の規則じゃどうにも対処できん代物だってことがわかってる筈《はず》だ」

　牧原は厳しい口調でいった。あけみを見やり、いった。

「グレアムはまともじゃない。あいつは人間を、実験台としか思っていない。あんな薬は作られるべきじゃなかったんだ」

　あけみの目の中で鋭い光がきらめいた。

「確かにそうかもしれません。しかし今重要なのは、起こっている事態をどう収拾するか、という問題なのではありませんか」

「その通りだ。あんたの役目は？」

「それをこれから説明しようとしていたところです。わたしがグレアム博士と行動をともにしたのは、三十六時間前からで、それ以前に面識はなく、『ナイトメア90』の開発には一切かかわっていません。これで納得していただけました？」

　牧原は頷いた。

「納得したよ、悪かった」

「いえ。いいんです」

　あけみはにっこり笑った。

「牧原さんの感情はよく理解できます。あなたはベテランの兵士としては驚くほど、人間性を豊富におもちです」

　牧原は剣持を見た。

「ほめられたのか、俺は」

剣持は苦笑した。

「好きにとるがいい」

あけみは真剣な表情に戻った。

「先ほどもいいましたように、わたしの専門は精神医学です。グレアム博士のところにわたしが行ったのは、『ナイトメア90』が、服用者の精神にどのような影響を及ぼすかを調査するためです。特に変態時に」

料理が運ばれてきて、あけみはいったん口を閉じた。ウェイターが去ると、ナイフとフォークを手に話をつづけた。

「もちろん現段階ではデータが乏しくて、推測の域をでないものばかりです。実際のナイトメアは牧原さんしかお会いになっていないわけですし」

「剣持も会っている」

「N2ですね。ええ。しかし、剣持さんはナイトメアに変態する前の本人を知りません。牧原さんはご存じでしたね」

「ああ」

食欲が薄れるのを牧原は感じた。その変化をあけみがすばやく察した。

「ごめんなさい。食事のあとにしましょうか」

「いや、いい」

牧原は首をふり、植田会の事務所で会ったときの菅野広志のようすについて話した。

「――菅野は、生徒としては問題はあったが、決して粗暴な性格ではなかった」

「ええ。今のお話をうかがって、それはわかりました。剣持さんからいただいたデータでは、N2――その菅野という生徒の人間体への復元は不完全であったということですが」

「そうだ。片手だけ、左腕だけがもとに戻っていなかった」

あけみは意味ありげに剣持を見た。剣持が小さく頷いたことに牧原は気づいた。

「何なんだ？」

剣持が口を開こうとした。あけみが先にいった。

「わたしのほうから説明します。わたしが今回、強く興味を惹《ひ》かれているのは――このいい方がお気にさわることはわかります。しかしなるべく客観的にこの問題について検討したいので――」

牧原は肩をすくめた。

「いいとも。つづけてくれ」

「では。『ナイトメア90』がディスコ『メイプル』で販売されてから、すでに一週間近くが経過しました。情報によれば、五錠の『ナイトメア90』が何も知らない人間の手に渡っています。五錠が、ドラッグとして売られたことを考えると、現在までにまだ三体しかナイトメアの発現が確認されていないのは、不自然です」

「待ってくれ」

牧原はあけみの話をさえぎった。

「今、三体といったな」

「五時間ほど前、恵比寿のビル工事現場で変態途中のナイトメアの死体が発見された」

剣持がいった。

「死体？」

「そうだ。腰から下が鱗におおわれていて、腰から上はたぶん人間だった。たぶん、といったのは、ばらばらに吹っとばされていたからだ。変態に失敗して吹っとんだのではない。火薬反応があった」

「ゾレゴンか」

剣持は頷《うなず》いた。

「身許の確認を急いでいるが、推定年齢から考えて、お前のところの生徒ではないようだ。二十歳台、ということだからな」

「なるほど」

あけみが口を開いた。

「話をつづけます。今、剣持さんがいわれた死体がN3だとすると、あと二体、ナイトメアが存在することになるのです。しかし、目撃者がまったく現れていません。N3にしても、殺される直前になって服用したとは思えないのです」

「つまりこういうことか。新しいナイトメアがでてこないのは、まだ薬をのんでいないからではなくて、すでに飲んでいるのだが、人間の体に戻った状態でいる奴ばかりだから、と」

「そうです。今日、死体で発見されたＮ３にしても、ゾレゴンの工作員に抹殺されそうになり、危機を回避しようと変態しかけたところを攻撃されたのではないか、とわたしは思っています」

剣持がいった。

「ゾレゴンの工作員四名のうち死亡が確認されたのは、白人一名と、その後の調べで東洋人が一名だ。二名がまだ活動をつづけている。そのふたりがＮ３の身許をつきとめ、接触した可能性はある。人間体に復元していたとすると、工作員がまず考えるのは――」

「訊問《じんもん》だな。拷問といってもいいかもしれん。他の『ナイトメア90』服用者の名を知ろうとするだろうからな」

牧原はいった。剣持は頷いた。あけみがふたりを見比べた。

「わたしも同じ意見です。Ｎ３には、肉体的暴力がふるわれたでしょう。結果、それがナイトメアの発現をうながし、工作員はやむなく変態途中のＮ３を殺害した」

「変態が完全であれば、簡単には殺せなかった筈《はず》だ。現場には、Ｎ３以外の死体や血痕《けっこん》はなかった」

「なるほど。で、菅野のことを俺に訊《き》いた理由は？」

牧原はあけみを見返した。

「N2、菅野広志が人間体への完全な復元を果たせなかった原因です」

「原因？　うまくいかなかった、というだけじゃないのか」

「いえ。グレアム博士のもとにあった動物実験のデータと総合すると、復元が不完全であった原因は、服用者の攻撃性に求められるようなのです」

「わかりやすくいってくれ」

牧原は首をふり、半分ほど手をつけていたメインディッシュの皿を横へどかした。食欲はまるきり失せている。

「菅野広志が臆病《おくびょう》な性格であったことは、牧原さんのお話で確認できました。一方、菅野広志の人間体への復元は、最も攻撃力のあった左腕をのぞいた部分を残した、不完全なものでした。すなわち、危険への予感、いいかえれば恐怖感から、菅野広志は最も強い肉体部分をどうしても人間に戻すことができなかったのです。もちろんそれは、植田会の事務所で大量殺戮《さつりく》をおこなった直後であったという点も見逃せません。植田会の事務所に乗り込むまでは、人間体として完全であったわけですから」

牧原は無言で、あけみの言葉を反芻《はんすう》した。

「こういうことか。人間であるときも強い奴、凶暴な奴は、ナイトメアに変態しても、またもとの人間の姿にきれいに戻れる。逆に臆病な者ほど戻りにくい」

「その通りです。今日発見されたN3を含めても、まだあと二体、ナイトメアは存在しています。そして時間経過から考えて、その二体は、変態と復元をコントロールできる能力をもっています」

牧原は剣持を見やった。

「この話を俺に聞かせたかったのか」

「そうだ。今後のお前の任務は厳しいものになる」

剣持は冷ややかにいった。

牧原は息を吐き、煙草をくわえた。あけみに訊《たず》ねた。

「で、俺は何を目印にそいつらを見抜けばいい？」

あけみは首をふった。

「目印はありません。ただ、これだけは逆説的ですがいえると思います。N4とN5は、通常の人間よりもはるかに意志や肉体が強固な人物です。もちろん人間体でいるときに、です。怯《おび》えている人間、落ちつきのない人間は、除外してよいと思います」

牧原は大きく煙を吐いた。倉沢のことが頭にあった。

「もしそういう奴を見つけたとして、薬を飲んでいると確認するにはどうすりゃいい？」

あけみはつかのま、黙った。

「血液検査にも有効性はありません。復元が完全であれば、服用の痕跡《こんせき》は脳にしか残りませんから……」

「じゃ、銃をつきつける他ないのか。ゾレゴンの連中のように」

あけみは唇をかんだ。

「今のところは」

「勇気づけてくれてありがとうよ」

牧原がいうと、あけみの目に再びきらめきが宿った。

食事が終わった。三人はレストランをでた。剣持はこれからもう一度、恵比寿の現場に向かうと告げ、待たせてあった車に乗りこんだ。あけみに途中まで送っていこうと申しでたが、あけみはそれを断り、牧原を見つめた。

「牧原さん、もう少しわたしにつきあっていただけますか」

目にはまだ強い光が残っていた。

「誘われて悪い気はしないがね。俺のこともデータにするのかい」

「どう解釈して下さってもけっこうです。まだお話ししたりないことがあります」

あけみは牧原をまっすぐに見て、告げた。

「いいだろう」

牧原は剣持をふりかえった。

「ということで、彼女は俺とデートしたいそうだ」

車内の剣持は眉毛《まゆげ》一本動かさず答えた。

「かんちがいせんことだ。彼女はたいへん優秀な科学者であると同時に、自衛官だ」

牧原は首をふった。サイドウインドゥが閉まり、剣持を乗せた車は走り去った。

あとに残された牧原とあけみは歩きだした。あけみが知っているバーがこの近くにある、といったからだった。

「──牧原さん」

二十メートルほど肩を並べて歩いたところであけみが口を開いた。

「何だい」

「今、武装していらっしゃいます？」

「拳銃《けんじゅう》ならな。『ウェイカー』と」

「やはり」

あけみは微笑んだ。

「どういうことだ」

「あなたはとても落ちついています。もしふつうの兵士なら、この街の中で武装していることに落ちつかない筈なのに」

「だから？」

あけみはつかのま考え、訊ねた。

「あなたの落ちつきは武装していることによって得られていますか？」

あけみの質問に、牧原は考えた。歩く速度は自然に遅くなった。

「今の質問を逆に考えるとこうなる。武装していなかったら、今の俺は落ちつけないか、となし」

あけみは無言だった。

「……たぶん、落ちつかないだろうな。この街のどこかに、まだ二人のナイトメアがいる。しかも、あんたの話によれば、そいつらは今までの連中とちがって、自由自在に人間に戻ることができるし、しかも狂暴だっていうじゃないか。武器をもっていなかったら、ここでこんな風に散歩はできないだろうな」

「それは嘘《うそ》ね」

あけみがいったので牧原は足を止めた。

「嘘ってのはどういうことだい」

あけみをふりかえった。あけみは鋭い目で牧原を見返した。

「あなたが落ちついているのは、武装とは実は何の関係もないわ。わたしが初めて見たときに、想像していたタイプとちがう、といったのは、あなたが武装の有無とは無関係に自分の感情をコントロールできる人間だって気がついたからよ」

「わかりやすくいってくれ」

あけみはわずかに息を吸い、口を開いた。

「自衛官だけでなく、わたしはいろいろな国のいろいろな職業軍人と会ってきた。その中には『戦闘中毒症』とでも呼びたくなるような、血に飢えている者もいれば、前線を離れれば、本当にそこいらにいる一般市民とかわらない人間もいた。ただ、職業軍人とひと言でいっても、どこかの国の軍隊に所属する者と傭兵《ようへい》とでは、根本的に大きな違いがある。わかる?」

牧原は煙草をとりだし、火をつけた。

「忠誠心だろ」

「そうよ。国軍の兵士は『愛国心』という名前のガードを心の中にもっている。人を殺《あや》め傷つけることが職務の兵士にとって、ガードは必要なの。さもないと自己嫌悪がやってくる。もちろんこれは、実戦経験者に限っての話。一方、傭兵には『愛国心』はないわ。といって、ほとんどの傭兵は、自分がお金だけのために仕事をしているとは認めたがらない。認めれば、自分はただの殺し屋とかわらなくなってしまう、と不安を抱いているからよ。だから大半の傭兵たちは、『自由主義社会』という言葉を『愛国心』のかわりに使うわ」

「だからどうしたんだ」

「あなたにはそれがない。あなたは一切のエクスキューズをもっていない。そのことが武装に対する考え方にも表れている」

「意味がわからんね」

「兵士にとって、武装しているかしていないかというのは重要な問題よ。武装している限り、兵士は職務下にある。したがって、武装を解かれることで、不安になったり、逆にリラックスするという、精神的な変化がおきる。でもあなたにはそれがない。いいかえれば、あなたは常に職務下にあるともいえるし、常にない、ともいえる。武装そのもの意味を認めていないのよ」

「あなたは本当は、軍隊という職業を認めていない。戦闘に価値を感じていない。ちがう？」

「なるほど」

牧原はゆっくりと煙草を吸った。

「もちろん、最初からそんな考え方をしていたら、あなたは傭兵にはならなかったでしょう。たぶん『戦闘中毒症』だった時期があなたにもあったと思うの。でもあなたはそこから抜け出した。抜け出すためにあなたがとった方法は、自分の無意味化よ。あなたはある日、自分の存在理由をすべて投げだしてしまったんだわ。自分とその周辺の世界を無価値化することで、『戦闘中毒症』から脱した」

「興味深い分析だ。だとすると俺はニヒリストということになる」

「そう呼んでもいいかもしれない」

「で、俺を分析するのがいったい何の役に立つんだ？」

「自己の正当化は、兵士にとっても、現在生存しているナイトメアにとっても、重要な問題よ。ナイトメアも、兵士と同じように、かつては同じ人間であった以上、現在の自分を精神的に消化するのに、何らかの心のガードをもたなければならない。それを観察することで、わたし自身の研究に役立つ部分がある、と思っているの」

「ならば、君もグレアムといっしょだ。人間をモルモットとしか考えていない」

「研究者にとっては、それが医学だろうと物理学であろうと、対象はモルモットなのよ。客観性を維持するためには、言葉づかいからすべてそういう視点が要求されるわ」

あけみはぴしりといって、歩きだし、牧原を追いこした。

「わたしのいった店はあのビルの地下。外で立ち話するようなことじゃない。そう思わない？」

「怒っているのか」

あけみは答えなかった。先に立って、バーへの階段を降りていった。

そこは、赤褐色で内部を統一した、静かなカウンターバーだった。バタフライをしめ、ヴェストをつけたバーテンダーが二人いる。

あけみはカウンターの隅の位置にさっさとすわった。歩みよってきたバーテンダーに、

「カルヴァドスを」

と注文した。牧原は隣りにすわり、スコッチのオン・ザ・ロックを頼んだ。

あけみはつとめて牧原の方を見ないようにしているようだった。

やがて運ばれてきた酒をひと口飲み、口を開いた。

「混乱しているの」

「怒る代わりに混乱か」

「真面目に聞いて」

牧原は見た。

「あなたが、わたしの視座を、人間をモルモット扱いにしている、といったことで、わたしの中に生まれたのは怒りの感情だわ。その理由は簡単。人殺しに人でなし呼ばわりされる筋合いはないってこと。でも、そういう怒りを抱くこと自体が混乱なの。だってあなたもまたモルモットのわけだから、モルモットに何かをいわれたからといって、感情を変化させるのは不自然でしょう」

「モルモットに自分を説明するのも不自然だ」

牧原は冷ややかにいった。

「ということは、論理的に見て、わたしはあなたをモルモットとして見ていない、ということになる。目的性を失くしている」

そしてぽつりといった。

「今のあなたと似ているわね」

「殺すことが仕事なのに、殺すのを嫌っている、か？」

「そうよ」

牧原は酒を口に含んだ。喉《のど》を伝うとき、やけにしみた。

あけみは唇をかみ、しばらく考えていた。

「自分たちのことを考えるのをやめたらどうだ？」

牧原はいった。あけみはふりかえり、微笑した。

「ありがとう。やさしいわね」

「この程度でほめられるとは思わなかった」

牧原は驚いたふりをした。

あけみは大きく息を吐いた。

「いいわ。当面の対象の話をしましょ。本当はこの話をしたかったの」

「聞こうか」

あけみはつかのま考えをまとめるように目を閉じた。

「人間の脳の進化が二足歩行によってうながされたことは知っているでしょう」

「カバが言葉を喋《しゃべ》らないのは、後足で立てないからか？」

「茶化さないで。かつて生まれた人間の祖先が、他の生物と同じように四足歩行であった頃は、支えられる頭部の重さに限界があり、脳の容量は大きくならなかった。それが二足歩行になって、垂直に重量を支えられる体型になった結果、脳の大きさがふくらんだのよ」

「ああ」

「前頭葉を知っているわね。前頭葉というのは、このときから生まれた、脳の新しい部分よ。ここがあるお陰で、人間は、旧来の生存本能や、怒りや恐怖といった動物的な感情だけでなく、思考し自制ができる理性的な生き物へと変化していったの」

「前線の兵士にはあまり必要ないな」

「そうね。ランボーのような兵士の脳を解剖したら、前頭葉は発達していないかもしれない」

「それで?」

「『ナイトメア90』の作用の中心は、この前頭葉の働きをにぶらせ、旧来の脳にある動物的な生存本能を活発化させることにあるの。異常に活発化した旧脳の部分が、遺伝子に眠っている進化の記憶を刺激し、変態をうながすの」

「だから恐怖や危機感が変態の引き金になるのか」

「そう。でも問題がある。変態のくり返しは、前頭葉を退化させる」

「人間に戻らなくなる?」

あけみは首をふった。

「そうじゃないわ。肉体的な変態は何度でも可能よ。ただ、人間を人間たらしめている理性が働かなくなるの」

「俺が今までに会ったナイトメアには、理性があるとは思えなかった」

「あったのよ。ただし、肉体の暴走についていけなかっただけ。残っている二体は、一時的に、肉体と精神のバランスをとっている。自由に変態ができるというのは、そういうことなの。でもそれをくり返しているうちに、ナイトメアであっても人間であっても、理性はどんどん退化していくわ。別人になっていってしまうのよ」

「そうなったら『ウェイカー』を使っても戻れないのか」

「もとの人間にはね。体内の『ナイトメア90』を無力化できても、退化した前頭葉は戻らない」

「どのみち『ウェイカー』は、ナイトメアを殺しつづけている」

「それはナイトメアの体力の問題だわ。体力のあるナイトメアなら死なずにすんだ筈《はず》なの」

「要するにこの薬には副作用がありますってことか」

「そう。『ウェイカー』は劇薬なの」

「使用上の注意をお読み下さい」

牧原は皮肉をこめてつぶやいた。グラスの酒をひと息で飲み干した。

「他に俺に聞かせたいことがあるか」

「グレアムは今、『ナイトメア100』の開発にとりかかっているわ。前頭葉の退化をうながさずに、生存本能を亢進《こうしん》させる薬よ」

「今度は自分を実験台にするんだな」

牧原はいって立ちあがった。

「それはあなたのための薬よ」

あけみが静かにいった。

「何だと!?」

「大きな声はださないで」

牧原はあけみを見つめた。

「奴は俺に飲ませる気なのか」

「ナイトメアが、自在に変態、復元をくりかえすうち、より狂暴化していくことはまちがいないわ。それに『ウェイカー』に対する耐性も進化していく。そうなったら別のナイトメアを使って倒すしかない」

「核を使えよ」

「本気でいってるの？」

「その筈はないだろう。だが、なぜ俺までもが化け物にならなけりゃいかん？　グレアム自身が責任をとればいい」

「ふつうの人間では、前頭葉が負けてしまうの。『戦闘中毒症』になってしまうのよ」

「俺だってそうさ」

「あなたは一度、克服している」

「冗談じゃない」

「冗談じゃないわ」

あけみは正面から見すえた。

「わたしがグレアムのもとに派遣された理由は『ナイトメア100』の、被験者への適性を研究するためよ。前回の『ナイトメア90』のときは、個性を無視して兵士ならば誰にでも適用できるというのを目的として開発され、結果モンスターを生んでしまった。その失敗をさけるため」

「ってことは、まだあんな薬を作りつづけるつもりなのか」

「ゾレゴン社は外されたわ。管理責任を問われて」

「そういう問題じゃないだろう。あんな薬を作るべきじゃない、と俺はいっているんだ」

「『ナイトメア計画』が何のために再開されたのか知ってる？」

「どこでも戦える兵士が欲しかったのだろう」

あけみはすばやくあたりを見回し、いった。

「ちがうわ。どこでもではない。宇宙空間よ」

「エイリアンが攻めてくるってのか」

「簡単にいってしまえばそういうことね。冷戦構造が崩壊したことで、この地球上ではもう、通常兵器を超える威力をもつ兵器は必要とされなくなったわ。けれど、軍隊というのはそれでは存続できないの。常に新しい敵、強大な敵を求め、それに対応する兵器、訓練を持続していかなければならない。あなたにもわかるでしょう」

牧原は目を閉じた。

「ああ。軍隊と警察はちがう。軍隊はどんどん進化していかなければならない宿命を負っている。それはな……わかる。だがなぜ、宇宙なんだ」

「地球上にはもう敵はいないから」

「宇宙にならいる、というのか」

「今はいるかどうか、わたしにもわからない。いるのかもしれないし、その攻撃能力を知っている人間もいるかもしれないけど、それはトップシークレットでしょうね。ただ軍隊は、それに備えている、という姿勢をもたなければ存在理由を失ってしまうのよ」

「本当は知っているんじゃないだろうな。一九九九年に宇宙人による大規模な地球侵攻計画がある、なんていうのを」

「まさか。知らないわ、本当に。でも『ナイトメア計画』が再開された裏側には、ひょっとしたらそれに近い情報があったのかもしれない、とは思うわ」

「参ったな」

牧原はつぶやき、バーテンダーに酒のお代わりを頼んだ。

「とにかく、今後も『ナイトメア計画』が中止されることはない。これだけはいえる」

あけみは断言した。

「ゾレゴンは頭にきているだろう」

「ゾレゴンの工作員はあなたと同じフリーランスよ。一度支払いをうけ、うけおった仕事については完遂する。『ナイトメア90』の服用者全員を抹殺するまで動きつづけるわ。たとえわたしたちを敵に回してもね」

「くそ」

牧原は低くつぶやいて酒を呷《あお》った。

「だが、俺はそんな薬は絶対に飲まない。契約にも入っていないし、たとえ刑務所に放りこんでやるとおどされたとしてもごめんだ」

「その気持は当然だわ。わたしだってぞっとする」

「じゃ、なぜ協力した？」

「任務だからよ」

あけみはいって牧原の腕に手をかけた。

「いっしょにいてわかったの。グレアムは天才だけど、やはりどこかおかしいわ。今回の騒ぎで『ナイトメア100』の開発にとりかかれたことを喜んでいる」

「野郎に『ウェイカー』をぶちこんでやりたい」

牧原はつぶやいた。

「ね、あなたの住居はこのすぐ近くなの？」

あけみが訊《たず》ねた。

「ああ。歩いて帰れるが」

牧原はいった。

「血液を採取したいの」

「お断りだ」

「待って。このことは『ナイトメア計画』とは無関係よ。わたし自身がやっているストレス研究のため。個人的なもの」

「——本当か」

「本当よ」

牧原はあけみの目を見つめた。真剣な表情だった。

「わたしはあえてあなたにすべてを話したわ。信じてくれてもいいのじゃない？」

「モルモットが科学者を信じるかね」

「モルモットだと思っていたら話さなかった」

「わかったよ」

牧原は息を吐いた。

「俺のうちにいこう」

11

牧原のアパートにやってくると、あけみは中を見回した。

「思った通り、きれいにしているわね」

「こればかりはかわらん」

「きれい好きじゃない兵士は長生きできない？」

「そうだ」

軍隊生活の長い者は、自然、整理整頓《せいとん》がうまくなる。それは事実だった。

居間におかれたソファにすわると、あけみはバッグを開いた。

「袖《そで》をまくって」

牧原はかたわらにすわり、言葉に従った。

あけみはバッグから注射器のセットをとりだした。ゴム管をてばやく牧原の左腕の上《じよう》膊《はく》部に巻きつけた。

「拳《こぶし》を握って」

静脈の浮きでた位置に空の注射器をつきたてた。ピストンのかわりに血を吸いこむガラス管がついている。

「いい色の血だわ。健康ね」

流れこむ血を見つめ、あけみはつぶやいた。やがて管がいっぱいになると注射器を抜き、管を外してキャップで蓋《ふた》をした。

「ありがとう」

いって、脱脂綿を牧原の腕に押しあてた。

「しばらくこうして」

「ああ」

あけみは抜きとった血のサンプルを注射器のケースにしまいこんだ。牧原は手を押さえたまま、それを見ていた。

向きなおったあけみと目が合った。頰《ほお》が赤らんでいる。

「もう大丈夫。外してみて」

牧原は脱脂綿を外した。注射の跡を見つめ、あけみは、

「血は止まったわ」

といった。声がかすれていた。

「どうしたんだ？」

牧原は訊《たず》ねた。あけみの態度が微妙に変化していることに気づいたのだ。

「――わかる？」

あけみは低い声でいった。

「何か変だ」

「いやだわ。わかるのね」

あけみの顔がさらに赤らんだ。それとともに目もうるんでくる。

「わたし、血に弱いの」

「弱い？」

あけみが不意に牧原の右手をとった。そしてタイトスカートからのびている自分の太《ふと》腿《もも》に押しつけた。

「このままにしてて」

太腿は熱かった。

「そういうたちなのか？」

「ええ。昔からなの」

あけみは顔を伏せ、恥ずかしそうに答えた。

「血を見ると欲情する？」

「やめて」

耳まで赤くなった。牧原は手をスカートの奥へと進めた。あけみの体がびくん、と反応した。

「これじゃ実験のたびに興奮しているだろう」

「ちがうわ」

あけみは弱々しくかぶりをふった。牧原の指先がストッキングごしにあけみの敏感な部分に近づきつつあった。あけみは目を閉じ、口を小さく開いて喘《あえ》いだ。

「自分がいい、と思う人だけよ」

「人？　モルモットのまちがいだろう」

「意地悪――」

言葉が途切れた。牧原の指がいちばん奥に達したからだった。あけみは痛みに耐えるかのようにぎゅっと眉根《まゆね》をよせた。

牧原の指先が濡《ぬ》れた。ストッキングごしでもはっきりそうとわかるほど、あけみは興奮していた。

牧原は左手をあけみのブラウスの中にさしいれた。あけみはほっと息を吐き、牧原に体重を預けてきた。

ブラジャーを外した。堅く尖《とが》った乳首がとびだしてくる。指先で触れると、あけみは喉《のど》の奥で声をたてた。

「お願い……」

あけみの右手がのびてきて、牧原のスラックスの上から包みこんだ。愛しげにさすった。

「お願い……」

「どうした？」

あけみの手がファスナーをおろした。牧原の力をそっとつかみだす。

上目づかいで牧原を見やった。

「ベッドに連れてって」

だが言葉とは裏腹に、あけみは髪をかきあげると牧原の力の上に、顔を伏せ、すっぽりとくわえこんだ。

あけみは、未知とはまるでちがっていた。成熟した肉体をもち、自分がどうされると最も感じるかを知っていて、貪欲《どんよく》にそれを牧原に要求した。

喘ぎ、叫び、そして最後は切れ切れにすすり泣いた。歓びを奪うだけでなく、与えることにおいても、あけみは貪欲だった。

やがて二人は同時に達し、動かなくなった。

息が整うのを待って、牧原はいった。

「これも任務か」

「――馬鹿」

あけみはつぶやいた。そして体をいれかえ、再び牧原の力を口に含んだ。

牧原は唸《うな》った。

「おい……。まだサンプルが必要なのか」

「黙って」

口を離していうと、あけみは舌を使いつづけた。

やがて口を離し、

「きれいになったわ」

満足したようにいった。

電話が鳴り始めた。牧原は時計を見た。午前零時過ぎだった。

「剣持かもしれんぞ」

「まさか」

牧原は腕をのばし、受話器をとった。下じきになったあけみが呻《うめ》いた。

「――はい」

「先生ですか」

若い男の声が耳に流れこんだ。

「牧原だが」

「相談ごとがあるならのるっていってましたよね」

牧原は緊張した。声の主は倉沢だった。

「倉沢だな」

牧原はいった。

「そうです。このあいだの言葉、信じてもいいですかね」

倉沢の声は落ちついていた。相談といっても、決してせっぱつまった状況で電話をしてきているようには聞こえない。むしろ牧原の反応を楽しんでいるかのようだ。

牧原は起きあがり、ベッドの上にアグラをかいた。

「いったいどんなことだ?」

「夜中に申しわけないんですが、街まで出てきてもらえないでしょうか」

「どこにいる?」

「原宿です。明治通りと表参道の交差点のそばにあるビルの地下に『ムーンライト』という店があります。そこへきて下さい」

「『ムーンライト』だな」

「ええ。きてもらえばわかりますから」

倉沢はいって電話を切った。牧原は受話器を戻し、唸《うな》り声をたてた。

「どうしたの?」

あけみが訊《たず》ねた。

「生徒からだ。倉沢洋一、N2の菅野広志と親しい関係だった奴だ」

と答え、あけみを見た。

『ナイトメア90』を飲んでいるかもしれない奴さ。かまをかけてみたんだが乗ってこなかった。年のわりにはずいぶんと落ちついた小僧なんだ」

「その子が何と？」

あけみの顔は研究者のそれに戻っていた。全裸でいることも忘れている。

「会いたい、とさ。今すぐ」

「わたしもいくわ」

弾かれたように、あけみは腰をうかせた。

「そいつはどうかな。嫌な感じがする。アンブッシュ《待ち伏せ》をくらいそうだ」

「駄目よ」

あけみは、早くも床に散らばった下着をかき集めにかかっていた。

「絶対にいくわ。もし、その生徒がナイトメアなら、とんでもないチャンスよ」

「いいか。相手がもしそうなら、こっちは食われちまうかもしれないんだぞ」

「あなたがいるわ」

牧原は首をふった。

「剣持に連絡しよう」

電話に手をのばした。あけみがそれをおさえた。

「待って――」

牧原は驚いてあけみの顔を見つめた。

「剣持さんに連絡したら、わたしは現場には決して入れてもらえない。すべてが終わるまでは」

「当然だ。あんたは非戦闘員だ」

「それは認めるわ。でも、その倉沢という生徒は自分がナイトメアであることを認めていない。なのにあなたを呼び出した、そうなのでしょう」

「ああ」

「ストレスかもしれない」

「ストレス？」

「さっき説明したわ。人間からナイトメアへと変化してしまったことへの精神的な負担よ」

牧原は首をふった。

「奴にはそんなものはなかった」

「今はちがうかもしれない。彼がナイトメアなら、何かがあるからあなたを呼び出したのよ。それを聞いてあげて、うまく誘導すれば、彼の協力を得られるかもしれない。N2のときのような被害を出さないですむかもしれないのよ。それにはわたしが必要だわ」

「剣持は怒り狂うぞ」

「それって、あなたにとっては楽しみなのじゃないの？」

あけみはいった。牧原はため息を吐き、頭をかいた。

「わかった。が、何が起こるか本当に見当はつかんぜ」

「わかってる。危険を感じたらさっさと後方に撤退するわ」

「よし、それならいこう。ナイトメアを見て、腰をぬかすなよ」

いって牧原は支度にかかった。

三十分後、牧原とあけみのふたりはタクシーを降りた。午前一時近くになり、夜の早い原宿の街では、明りの点っている看板は少ない。『ムーンライト』はすぐに見つかった。

牧原は立ち止まり、大きく深呼吸した。拳銃《けんじゅう》と『ウェイカー』の射出器は両肩の下にある。あけみもさすがに緊張した表情で、牧原の左腕をつかんでいた。

牧原は『ムーンライト』の入ったビルの周囲を観察した。

『ムーンライト』は一階にブティックの入ったビルの地下にあり、看板は『ムーンライト』をのぞいてすべてが消えている。

数台の車がそのビルの前と通りをはさんだ向かい側に止まっていた。その中の一台に牧原は目を留めた。アメ車のステーションワゴンだ。窓全体にシールを貼《は》り、屋根の中央から無線のアンテナがつき出ている。内部のようすはうかがえない。

水銀灯の光をフロントガラスが反射している。

嫌な予感がした。が、ここまできて引き返すわけにもいかなかった。

牧原はいって、『ムーンライト』の入口につづく階段を降りていった。

『ムーンライト』は、完全に大人向けの店だった。木でできた扉を押すと、低くおさえたジャズと、レンガを組んだ壁が目に入った。正面には暖炉があって、火こそたかれていないが、どうやら本物のようだ。

「いらっしゃいませ」

ロングドレスをつけた若い女がふたりの前に立った。床には厚いじゅうたんがしかれ、その上を、同じような衣裳をつけた女たちが、ひそやかに動きまわっている。照明はぎりぎりまで絞られていた。

『エレクトリック・メーター』とは、まるでちがっていた。皮ばりのどっしりしたソファと、チーク材のテーブルが間隔をおいて配置されている。

「おふたりでいらっしゃいますか？」

「待ちあわせだ」

牧原は答えた。女は合点したように訊《たず》ねた。

「メンバーの倉沢さまでいらっしゃいますね」

「メンバー？」

どうやら会員制のラウンジのようだ。暖炉の横に長いバーカウンターがあり、金のかかったなりをした男や女がグラスをかたむけている。

「こちらへどうぞ」

女は軽く頭を下げ、店の奥へと歩きだした。

少なくとも、この店の中で何かトラブルが起きている、というようすはない。

牧原はあけみを見やり、歩きだした。あけみもついてくる。

女はまっすぐにレンガ壁で仕切られた店の奥へと歩いていった。やがて、いちばん奥まった位置にあるボックスを示した。皮のソファの背もたれは、人間の背ほどあって、うしろ向きにすわっている者の姿はまるで見てとれない。

「こちらです。お連れさまがいらっしゃいました」

「ありがとう」

ソファの背もたれの向こうから声がした。ソファの向こうにあるテーブルには、ブランデーのボトルとアイスペール、水差しなどがセットされていた。

牧原はソファを回りこんだ。とたんに息を呑《の》んだ。

ソファには、グレイのスーツにネクタイをしめた倉沢がすわっていた。その横に、ミニのワンピースを着けた未知がいたのだ。

「坂本――」

未知はにっと笑ってみせ、手にした水割りのグラスをかかげてみせた。倉沢は足を組み、オン・ザ・ロックの入ったグラスを膝《ひざ》にのせている。

「どういうつもりだ。こんなところでお前たち」

「まあ、すわって下さいよ、先生」

倉沢は足をほどき、にやりと笑ってみせた。ネクタイをしめているせいもあるが、とても高校生には見えない。

「そちらの女性は？」

未知が身をのりだし、新しいグラスをふたつひきよせた。

「知りあいの宇野さんだ」

「水割りでいい？」

未知があけみに訊《たず》ねた。牧原は息を吸いこんだ。

「坂本、お前――」

牧原の腕をあけみの手がつかんだ。

「ええ。お願い」

あけみはいって、ふたりの向かいに腰をおろした。牧原はしかたなく隣りにすわった。

未知が手早く水割りを作り、並べた。

牧原は息を吸い、店の中を見回した。四人の会話を聞きとがめそうな人間はあたりにいなかった。

「高校生にしちゃ、ずいぶん優雅な場所で遊んでいるな」

倉沢は肩をすくめた。

「ここのママが親父《おやじ》の愛人なんだ。つまり、俺はオーナーの倅《せがれ》なんですよ」

「だからって酒を飲んでいいってことにはならんぞ」

「センセー、また固いこといっちゃって。あのときはオッケーだったじゃない」

未知がいって、すくいあげるように牧原を見た。かたわらのあけみがかすかに息を呑《の》んだ。

「どういうことだ？」

牧原はそれにはとりあわず倉沢を見つめた。からかわれているのではないか、という怒りがこみあげてくる。

「だから相談ですよ」

倉沢はいって、じっと牧原を見つめた。

「どんな？」

「――妙な連中につきまとわれているんです。先生ならそいつらを知ってて、追っぱらってくれるんじゃないかと思って」

「妙な連中？」

「ひとりは外人なんです。片腕を吊《つ》ってる。もうひとりはわからないけど、たぶん日本人」

ゾレゴンの工作員だ。牧原は息を吸いこんだ。

「そいつらがどうしたというんだ」

「今日の夕方から、ずっと俺のあとをつけてきているんです。今も店の外にいるでしょう。でかいステーションワゴンに乗ってる」

あの車だ。

「今日の夕方……」

あけみを見た。あけみの口が声をださずに動いた。N3といっている。ゾレゴンの工作員が、建築現場で発見されたN3を拷問し、倉沢の名を訊《き》き出したのだろうか。

「知らないな、その連中のことは。なんだったら警察を呼ぶか？」

牧原はいった。倉沢が再び笑った。

「警察はアテにはならないでしょう。この件に関しちゃ」

牧原は未知を見た。未知は素知らぬふりで、指先のマニキュアを見つめている。

「なるほど」

牧原も背もたれに体を預けた。

「俺なら頼りになるというわけか？」

「俺は何ひとつ悪いことをした覚えはありませんからね。妙な連中につきまとわれたくない」

「あなたが自分で排除すれば？」

不意にあけみがいった。落ちついた口調だった。倉沢はゆっくりあけみを見た。

「俺が――？」

「そう。あなたなら簡単にできるのじゃなくて？」

倉沢は顔をしかめた。

「俺にそんなことができるわけないでしょう。ただの高校生なんだ」

「ただの高校生が、こんなところでふんぞりかえってブランデーなんぞを飲んでるかね」

「これは休みの日の過し方ですよ」

「ならば俺はただの教師だ。思いちがいだろう」

「そいつはどうかな」

倉沢はいってゆらゆらと首を動かした。鋭い目になってじっと牧原を見つめている。

未知が話したのか――牧原は思った。それにしても、未知がここにいて、しかもこれほど落ちついているのは不思議だった。

「よし」

牧原はいった。

「そっちがちゃんと話すつもりなら、こっちもつきあおうじゃないか」

倉沢の目を見返した。

「それならこっちの条件を呑んで下さいよ」

倉沢は平然といった。

「条件？」

「表にいる連中です。片付けて下さい」

牧原は唇をすぼめた。流れはまるで倉沢のペースだった。

「──そうしたら、俺の話をしますよ」

未知が倉沢の膝《ひざ》にもたれかかるようにして牧原を見上げた。

「ね、センセー」

「その前に」

あけみがいったので、倉沢と未知はそちらを向いた。

「確かめたいことがあるわ」

倉沢はじっとあけみを見つめた。

「先生の、ただのガールフレンドというわけではなさそうですね」

あけみはにっこりと笑った。

「いいのよ。別にそう思ってもらって。でも、わたしは牧原さんのアドバイザーでもあるの。今、わたしたちが話している問題について、いちばん知識があるのはわたしの筈《はず》だから」

一瞬、倉沢の表情が変化した。怒りとも憎しみともつかない、激しく暗い感情のうねりが目の中をよぎるのを、牧原は見た。

「あなたに何がわかるっていうんだ」

だが、あけみの声は落ちついていた。

「そう。何もわかっていないかもしれない。でも、わたしたちのかかえている問題は、いまだかつて人類の誰も遭遇したことのない問題なのよ」

「へえ、そうなんですか」

倉沢も落ちつきをとり戻していた。

「ね、教えて。あなたはあの薬を飲んでいるのでしょう」

倉沢はすぐには答えなかった。表情をかえずにいう。

「何のことかわかりませんね」

「倉沢、俺たちはお前を助けたいんだ」

「助ける？」

倉沢は無表情にくりかえした。

「ヒロシにおこったことはどうなんです？」

やはり未知は話したのだ。

「先生はヒロシを殺した。確かにそれも助けかたのひとつだったかもしれませんけどね」

「あなたはその人とちがうわ」

あけみがいった。

「自分でもわかっているでしょう。あなたは自分で自分をコントロールできる」

「確かにね。だが、それは誰かに助けてもらったおかげじゃない」

倉沢の顔が歪《ゆが》んだ。

「俺が、俺の力で必死になってやったんだ」

「今は安定している？」

あけみが訊ねた。

「とってもね。最高の気分ですよ。何にも恐いものなんかない」

「じゃあ自分で追い払ったらどうだ？　表の連中は」

「お断りです。あいつらが何だかは知らないけど、きっと俺の体がめあてなんでしょう。あんたたちもそうだ。モルモットにして切り刻みたいんじゃないのかい」

「ちがう！」

牧原は鋭くいった。

「お前さんの体に入ったあの薬を解毒する薬を俺はもっている」

「じゃあそいつを渡して下さい、今」

倉沢は手をのばした。

「それはできない」

「なぜです？　その解毒剤が本当に効くなら、今ここで飲んでもいいですよ。もっとも、ヒロシを殺った薬なら、そいつは解毒剤なんかじゃなくて毒薬でしょうが」

「そうじゃないんだ――」

「非常に副作用が強い薬なのよ」

「なるほどね。そういういい方もあるよな」

倉沢の目に嘲《あざけ》りの色が浮かんだ。

「結局、あんたたちは表にいる連中とかわらない。ひょっとしたら仲間なのかもな。俺を殺して、解剖したいだけの」

牧原は息を吐いた。

「確かに信じろといっても無理かもしれんな」

「だから表の連中を追い払ってくれれば信じますって」

牧原は倉沢の目を見た。倉沢はじっと見かえしてきた。恐怖も不安もない目だった。そこにあるのは揺らぎのない自信だ。


かつて同じ目を見たことがあった。アンゴラで会った、オーストラリア人の傭兵《ようへい》だった。自分を不死だと信じ、最強の兵士であるという自信をもっていた。確かに、その男のいた小隊がアンブッシュにあい、男以外は全滅のうきめにあっても、その男だけは血路をひらき、突破してきた。仲間たちには「死神」と呼ばれ、嫌われていた。いつも、最も過酷で、最も危険な任務に自ら志願し、そしてその男だけが生きて帰ってくるのだった。

その男が今どうしているか、牧原は知らない。ただ噂《うわさ》があった。癌《がん》になった、というのだ。男にとっての死神は、男を一発の弾丸で安らかに眠らせるのを好まず、じわじわと嬲《なぶ》るように、その生命を奪おうとしているという。そして、病いからくる激痛に体と心をむしばまれながら、男は日々、死神を呪《のろ》いつづけているというのだ。


牧原は目をそらした。

「わかった。できるかどうかわからないが、そいつらを排除してみよう」

あけみがさっとふりかえった。

「さすがぁ、センセー」

未知がいった。倉沢は頷《うなず》いた。

「見せてもらいますよ。先生のお手並を」

牧原は『ムーンライト』の裏口をつかって外に出た。ステーションワゴンは、通りをはさんだ反対側に止まっている。おそらく表の階段を出入りする者を監視しているのだろう。そして倉沢が出てきたら何らかの方法でら致し、拷問を加えた上で殺すつもりなのだ。『ナイトメア90』の服用者は、倉沢の他にまだひとりいる。それを訊《き》き出すのが目的だ。

牧原はビルの裏手から裏手へと回り、表通りを大きく迂回《うかい》した。ステーションワゴンの数百メートル後方で表通りに出ると、再び裏通りへとまわる。

ワゴンの後方から気づかれないように接近するのだ。

途中、腕時計をのぞいた。倉沢に、あることを頼んであった。そのために時間をあわせた。

ワゴンには二名の工作員が乗っている。一名は自分たちの周囲を監視しているにちがいない。常に車がいきかうこの明るい表通りでは、その見張りに気づかれず、ワゴンに接近するのは不可能だった。監視者の注意を一瞬でも惹《ひ》きつけるものが必要になる。

牧原はそれを倉沢に頼んだ。倉沢は応じた。牧原の腕を自分の目で確かめるチャンスと思ったようだ。

じっくりと時間をかけ、ワゴンの工作員たちに気づかれぬよう、牧原は接近していった。ビルとビルのあいだの細い路地を抜け、ワゴンの後方二十メートルほどのところにある一方通行の道に出た。

ビルの壁に体をかくし、首だけをのぞかせてようすを見る。ステーションワゴンの後部が見えた。斜め向かいに『ムーンライト』の入ったビルがある。

腕時計を見た。表通りと接する、この一方通行の出口からワゴンまでは、見通しがいい。ふつうに近づいたのでは、すぐに車内の人間に気づかれる。

あと一分ほどで倉沢が『ムーンライト』を出て、表に出る階段をのぼってくる筈《はず》だった。

牧原はSIGを抜いた。スライドをひき、第一弾を装塡《そうてん》すると、サイレンサーを銃口にねじこんだ。『ウェイカー』の射出器の補充とともに、剣持に要求した品だ。剣持は渋い顔をしたが、どこからか手配してきた。おおかた、自衛隊の空挺《くうてい》部隊あたりの装備だろう。サイレンサーをつけると、拳銃《けんじゅう》は安定を失い、命中率、貫通力がともに落ちる。が、『ナイトメア』に対しては、拳銃がまるで役立たないことがわかった今、対人用としてサイレンサーが必要になったというわけだ。

時間だった。牧原は『ムーンライト』の入っているビルをみた。倉沢の姿が見えた。

ゆっくりと階段をのぼりきったところだった。

牧原はビルの陰を走りでた。大またで一気にステーションワゴンに走りよった。そして握ったSIGのグリップで、右側——助手席のサイドウインドゥを叩き割った。大きな音がした。ウインドゥは粉々の粒となって砕け散った。その穴から牧原はサイレンサーをつけたSIGをさしこんだ。

「動くな」

英語でいった。

車内には二人の男がいた。運転席にスーツを着た東洋人、助手席に右腕を吊《つ》った黒人だ。黒人は左手に大型のリヴォルバーを握り、膝《ひざ》の上に乗せている。車内ではすぐに銃を抜けないため、手にしていたようだ。

二人は凍りついた。

「よし、二人ともシートを思いきり倒して、仰向《あおむ》けになるんだ。お前！　車の鍵《キイ》を抜いて、外に落とせ」

牧原は運転席の東洋人にいった。四十を少しすぎたくらいだろう。メタルフレームの眼鏡をかけ、髪をサラリーマンのように七・三に分けている。

二人はすばやく驚きから立ち直った。

「牧原だな。そうだろう」

東洋人がいった。

「話しかけろとはいってない」

「俺を忘れちまったのかよ。台北で会ったろう。林《リン》だよ」

牧原は思いだした。ＣＩＡの下請けで暗殺工作をやっていた男だ。四分の一、中国人の血が混じっていて、英語の他に、広東語、北京語が話せる。

「だからどうした？　早く鍵を捨てろ」

「おいおい、俺たちは同じ側の人間じゃねえか、クライアントだって同じなんだ――」

黒人がさっとリヴォルバーをもたげた。ドアごしに発砲した。マグナム44だった。巨大な銃声がして、ドアを射抜いた弾丸が牧原の体をかすめた。

牧原は仰向けに倒れた。黒人のマグナム44はフルメタルジャケットだった。ワゴンのドアをやすやすと射抜いた。

「よせ！」

運転席の東洋人が叫んだ。同時にワゴンのイグニションキィを回した。エンジンが息を吹きかえす。

牧原は舗道に倒れたまま、ワゴンの後輪めがけ、ＳＩＧの引き金をしぼった。二発の弾丸で後輪二本をバーストさせる。ワゴンの後部ががくんと沈んだ。

助手席のドアを開き、黒人がとびだした。

「止まれ！」

牧原は膝をつき、英語で叫んだ。黒人は牧原には目もくれず、ワゴンの屋根に左腕をのせて通りをはさんだ倉沢めがけマグナムの狙《ねら》いをつけた。

轟音《ごうおん》が響いた。倉沢に当たったかどうかはわからない。牧原は黒人の背中にとびつい
た。次の弾丸を放とうとした黒人をくるりとふり向かせる。

「離せ！　クソ野郎」

黒人が憎しみのこもった目を向けた。

「化け物を殺してやる！」

「よせ！」

「やかましい！」

黒人はマグナムを牧原に向けた。牧原はＳＩＧをかまえた。ふたりは互いに拳銃《けんじゅう》を向
けあったまま凍りついた。

「手をひけ！」

「お前こそ手をひけ。あいつは化け物だ。殺さなけりゃならないんだ！」

目をみひらき、黒人はいった。額にびっしょりと汗が浮かんでいる。

「無理だ。もうすぐ大勢の人がくる」

「貴様を殺して奴《や》も殺ってやる」

（モルヒネを射ってやがる）

牧原は黒人の目を見て直感した。片腕をもがれた痛みに耐え、復讐《ふくしゅう》の任務を続行する
ために黒人はモルヒネを射っている。

牧原と黒人は互いの胸もとに拳銃をつきつけあっていた。

「ふたりともやめろ！　奴が逃げるぞ」

東洋人が叫んだ。牧原の視界の隅で倉沢が通りかかったタクシーに手をあげるのが見えた。黒人の放った弾丸は当たらなかったのだ。

「倉沢！」

牧原は叫んだ。

黒人の目が動いた。牧原の背後を見やる。牧原はばったりとうしろに倒れこんだ。黒人のマグナムが火を噴いた。同時に牧原もＳＩＧの二発を黒人の胸に叩きこんだ。

黒人の目の動きが、牧原の注意を惹《ひ》きつけるための作戦だと、牧原はすぐに気づいたのだった。人間は向かいあっている者の目の動きに敏感だ。その目が自分の後方に向けられれば、注意をそちらに惹きつけられる。黒人はその瞬間をねらって牧原を撃ち倒そうと考えた。それを読みとった牧原はばったりとうしろに倒れこんだのだ。黒人が発砲したのはそれと同時だった。

胸に被弾した黒人はワゴンの車体に体を打ちつけ、よじれるように倒れた。

「馬鹿野郎！」

東洋人が叫び、運転席をとびだした。右手にベレッタのＭ92を握っている。

「馬鹿はお前だ！」

牧原は叫び返し、黒人の脈をとった。触れるまでもなく、死亡している。

通りの向こうでタクシーが発進した。牧原ははっと振り仰いだ。『ムーンライト』の入ったビルの前から人影が姿を消していた。倉沢も未知も、そしてあけみの姿もない。

「何てこと、しやがる――」

東洋人が肩で息をしながら相棒の死体を見おろした。

「お前はあの化け物どもの仲間なのか」

「いいから銃を捨てろ！」

牧原は威嚇した。東洋人は迷ったように黒人の死体と牧原のSIGを見比べ、やがてベレッタを地面に落とした。

パトカーのサイレンがそれからほどなく聞こえた。

12

さすがの剣持も顔色をかえた。牧原の報告で、ナイトメアである倉沢洋一が、あけみを連れ去ったことを知ったからだった。

「なんということをしてくれたんだ！　宇野先生は奴らについて貴重な情報を山ほどもってるんだ。N４はそれを宇野先生からひきずりだそうとするに決まっているぞ！」

牧原の連絡を待つまでもなく、現場一帯を警察が封鎖してほどなく剣持は現れたのだった。

「無理やり連れていかれたのだとは俺は思わんね。自分の意志で彼女は倉沢と行動を共にしたのさ」

牧原はいった。二人は、近くの渋谷警察署に急きょ設けられた特別捜査本部にいた。特捜本部といっても、本来出動する筈《はず》の刑事たちは一切シャットアウトされ、内部にいる警察関係者は、本庁からきたという刑事部長と渋谷署長、植田会の水野がN２に襲われたとき、水野に同行して病院にいた、井上という渋谷署の刑事の三名だけだ。あとはすべて剣持の部下と覚しい、私服の自衛官ばかりだった。

刑事部長は、自分たちの管轄内で、武装した私服の自衛官が、我がもの顔で動き回っていることに怒り狂っていた。牧原を銃刀法違反と殺人罪で逮捕してやると息まき、その後、剣持に与えられた法務大臣からの〝特命〟を聞かされると、今度は自分だけがカヤの外におかれたことに対しての不満を露にした。かたわらの井上は、官庁のこうした理不尽には慣れっこといった表情で、白けたように煙草を吹かしている。

特捜本部には現場から連行されてきたゾレゴンの東洋人工作員もいた。身分証の類《たぐい》は一切もっておらず、剣持の部下の訊問《じんもん》にも黙秘をつづけている。

「いったいN４は何をする気なんだ」

剣持はいらだちを露にしていった。

「何も。何もする気はないさ。奴はほっておいてほしいんだ」

牧原はいった。

「ほっとくだと――。そんなことができるか」

「奴が一番恐れているのは、モルモットのように切り刻まれることだ。俺もそれには同感だ」

牧原は並べられた椅子のひとつにかけ、煙草をくゆらせ、いった。広い会議室を使った特捜本部の一方では、剣持の部下たちが倉沢の乗ったタクシーの割りだしをおこなっている。

「いいか、奴は確かに今は安定しているかもしれん。だが、いつ何どきナイトメアに変身するかわからないのだぞ」

「いや。倉沢は少なくとも今は完全に自分をコントロールできる状態にある」

「なぜそんなことを確信できる?」

「さっきの騒ぎだ。奴は自分を狙《ねら》っている連中がいるのを知っていた。その上、俺が殺ったエージェントに発砲もされた。だが、角《つの》を生やすこともせず、さっさとタクシーを止めてその場を立ち去ったんだ。安定しているといえないか」

牧原の言葉に剣持は一瞬、押し黙った。半睡《はんすう》するように目を閉じる。やがて目を開き、いった。

「そうかもしれん。かもしれんが、ナイトメアの脅威がなくなったわけではないぞ」

「それはそうさ。俺もこれですべて一件落着するとは思っていない。自分をコントロールできるようになった倉沢は、今までのどのナイトメアより恐ろしい存在だ。考えて、自分への攻撃に対応できるのだからな。だから奴へのアプローチは慎重にすべきだと思うのさ。単なる化け物扱いをして追いつめれば、奴はあんたたちがいちばん困るような復讐《ふくしゅう》方法にでるだろう」

「それを私も懸念している。宇野先生がいっしょである以上、『ナイトメア90』に関する情報を奴は簡単に手に入れられる」

「そういうことさ。奴がテレビ局にいき、自分はかくかくしかじかで怪物にされたのだといって変身して見せてみろ。えらい騒ぎになるぜ」

いって牧原はにやりと笑った。

「明日にはたちまち、俺たちは話題の人だ」

「冗談じゃない」

剣持は言葉を荒げた。かたわらでやりとりを見守っていた井上が、

「そいつはいい。そのあかつきには、あたしも証言者のひとりに加えてもらいましょうか」

と嘲《あざけ》った。

「馬鹿なことをいうな。君に課せられた守秘義務もこの牧原と変わらんくらい厳しいのだぞ」

剣持は井上をにらんだ。井上は首をふり、いった。

「あたしは下っ端の警察官だ。そんなにおどかされなきゃならんほど給料をいただいちゃいませんよ」

牧原は井上と顔を見合わせ、思わずにやついた。剣持の表情が真剣になった。

「いいか、この問題のアプローチをあやまれば、米国は本当に東京に戦術核を撃ちこむぞ。一千万都民の命がかかってるんだ」

「だったら今すぐ魔女狩りのような騒ぎはやめるんだな。このやり方がいちばん危険なことはあんたたちもわかってるだろう」

牧原はいった。それに何かをいい返そうと剣持が息を吸いこんだとき、本部の反対側に並んだ電話機にとりついていた部下のひとりが叫んだ。

「タクシーが割れました!」

全員がそちらを見やった。

「どこだ?」

「品川区の『都民交通』で、確かにN4を乗せています。原宿の明治通り交差点前から、男性一名女性二名の乗客。時間も符合します」

「降ろしたのは?」

「それが――」

「どこだ?」

「新宿歌舞伎町です」

落胆のどよめきが上がった。すでに倉沢洋一の自宅には、『捕獲隊』が張りこんでいる。

「街に潜ったな」

牧原はいって、腕時計をのぞいた。じき、午前四時になる。この時間、不特定多数の人間が動き回っている場所は、都内でも新宿と六本木の二ヵ所しかない。倉沢は、自分たちの姿が人目を惹《ひ》かない盛り場へと溶けこんだのだ。

「くそ。いったい何をやる気だ――」

「さあな。あるいはN5と落ちあう気なのかもしれんな」

「N5だと⁉」

剣持は目をみひらいた。

「奴が今、信頼して共闘を組める者がいるとすりゃ、もうひとりのナイトメアしかいないだろう」

「誰なんだ？」

牧原は首を振った。

「俺は知らんよ」

「行動を共にしている坂本という女子高生はどうなんだ。彼女じゃないのか」

牧原は考えこんだ。

「奴のことは俺も不思議なんだ。あれほどの目にあっておきながら、なぜ倉沢といっしょにいられるのか……」

「彼女本人もナイトメアだからじゃないのか」

「渋谷の騒ぎを忘れたのか。あんな状態でも変態をおこす気配はなかったんだ。ナイトメアの筈《はず》はない」

「とにかく、グレアム博士に出動を要請した。宇野先生がいない今、博士の知識が我々には必要だ」

「そいつはいい。奴を縛りあげて吊《つ》るせば、きっと寄ってくる」

「いい加減にしろ！」

とうとう剣持は怒りを爆発させた。

「何様のつもりなんだ！　少しは真剣になったらどうだ。今この時間、手の打ちようがないんだぞ」

剣持の剣幕に、特捜本部は水を打ったように静まりかえった。エリート制服組の、めったに見ることのない激昂《げっこう》に自衛隊員たちは息を呑《の》んでいる。

「手がかりはひとつだけ、あるかもしれん」

牧原は静かにいった。

「何だ？　いってみろ！」

「彼の協力がいる」

目顔で牧原は井上をさした。剣持は厳しい表情を崩さない。

「民間人だ」

「民間人に守秘義務を背負わせたのは誰だ」

井上は口をへの字に曲げた。

「まったくだ」

「なぜ彼の協力が必要なんだ？」

「プロだからさ。ここにいるすべての人間の中で、人を捜すプロだからだ」

剣持は牧原をにらみ、しばらく考えていた。やがていった。

「勝手にしろ」

数分後、牧原と井上は、剣持の要請で借りた、渋谷署の取調室にいた。

「いったい何が起こってるかは知らないけれど、あたしをあまり過大評価しない方がいいですよ」

井上はいって、顎《あご》をなでた。小柄でどことなく飄々《ひょうひょう》とした雰囲気だが、目には鋭さがある。どこかイタチに似た男だった。

「あたしはただの所轄の刑事《デカ》だ。極道や立ちんぼには詳しいが、怪物相手となりゃ、せいぜいガキの頃に見たゴジラ映画くらいっきゃ知恵がない」

「ずっと渋谷署で刑事を？」

「新宿署と麻布署にもちょこっといたことはある。どうも盛り場と縁が切れなくてね。今度は世田谷か杉並あたりにでもやってくれりゃいいんだが……」

井上はピースライトをとりだし、火をつけた。

取調室のドアがノックされた。

剣持の部下に両側を固められたゾレゴンの東洋人工作員だった。

「そこへすわらせてくれ」

椅子のひとつを牧原はさした。工作員は手錠をはめられている。

「手錠を外してな」

自衛官たちはひと言も発さず、牧原の言葉に従った。彼らがでていくと、取調室は牧原と井上、そして工作員の三人になった。

工作員は無言で牧原を見つめた。剣持の部下の取調べに対しては、名前すら喋《しゃべ》っていない。持ち物はすべてとりあげられている。

牧原は井上と顔を見あわせた。井上が小さく頷《うなず》き、煙草の箱を男にさしだした。

「吸うかい？」

男は頬《ほお》をゆがめた。

「古くさい刑事ドラマの始まりか」

そして煙草を一本抜いた。井上が火をさしだし、いった。

「確かにあたしは刑事だがね。正直いって今回の事件はちっとばかし手におかねる。何が何だかさっぱりわからねえ。わかってんのは、この件には雲の上のお偉いさんがやたらに絡んでて、ふだんあたしらを兵隊同然にこき使う旦那衆ですら、思ったことのひとつもいえねえって状況だけだ」

男の目に嘲《あざけ》りが浮かんだ。

「そうだろうな。とてもお巡りなんかがでる幕じゃない」

「だからお前と話したかったのさ」

牧原はいった。男は牧原を見た。

「確か台北で会ったときは、林とかいってたな」

「あんなものは偽名だ」

男は吐きだした。

「そうだろう。俺たちみたいな人間は世界中にいて、皆んなが皆んな嘘《うそ》っぱちで固めた身分で活動しているからな」

男は黙った。

「だがとりあえず、林って呼ばせてもらおう。お前は牧原って俺の名を知っている」

「勝手にするがいい」

「ああ、するさ。正直なことをいや、俺とお前はカードの裏表だ。どっちに雇われたかだけで、立場は一八〇度かわってくる。俺たちみたいな人間が、こうして警察の建物の中で向かいあってるってことじたいが不思議なんだからな」

井上があきれたように牧原を見た。林も興味を惹かれたように牧原を見あげた。

「何がいいたいんだ?」

「お上《かみ》は、お前の処分に困るだろうってことだ。お前を逮捕して裁判にかけるわけにはいかないからな」

「だったらさっさと釈放しろ」

「そうはいかんさ。お前は今のところ、国家の存亡にかかわる機密を握った民間人だ。その上、殺人の容疑者でもある」

「だからどうした？　お前だってトビーを殺した」

「トビーというのが奴の名か」

「ああ。だが本名かどうかは知らんぜ。本人がそういっていただけだからな」

「国籍はアメリカか」

「知らん」

「トビーは片腕を奪われ、頭にきていた、そうだろ？」

「それだけじゃない。奴のパートナーも殺されてる」

「お前もだろう」

林は目だけを動かした。

「お前らの仕事はわかってる。『ナイトメア90』の服用者全員を消すことだ。雇ったのはゾレゴンだ」

かたわらで井上が目をむいた。

「最初の仕事は、渋谷のディスコでの売人殺しだ」

「知らんな」

林はすばやくいった。

「そいつはどうだっていい。お前が認めようが認めまいが、こいつはさっきもいった通り裁判にはならないんだ」

「じゃ何をぐだぐだいってるんだ。良心が咎《とが》めるのか？　トビーを殺っちまったんで。え？　化け物に味方して人間を殺したことを後悔しているのか」

「化け物というが、元は人間だ。それになりたくてなったのじゃない」

「俺には関係ない。あいつらは化け物だ」

「見たのだろう、あれを」

牧原は林の顔をのぞきこんだ。

「見たさ。ただし公式には何も認めないぞ」

「驚いたろう。腰がぬけるほど」

林は牧原を見返した。

「それがどうした」

「憎くはなかったか」

林は一瞬、怪訝《けげん》そうな表情になった。

「何をいってる」

「奴は確かにお前の仲間を殺った。だがそうなる前に、いや、雇われていなくとも奴を殺ってやろう、そうは思わなかったか」

牧原はいった。

「何をいいたい」

林は落ちつかない表情になった。

「トビーはクリスチャンだったのか」

「知らんね」

「――死体は金の十字架を首に吊《つ》るしていた」

井上が不意にいった。

牧原は訊《たず》ねた。

「なぜ知ってる？」

「お偉いさんたちは人間の検屍《けんし》をやれるスタッフを連れてきちゃいなかった。うちの鑑識係がかりだされたんだ。金玉が縮みあがるほどおどされた挙句な」

井上はむっつりと答えた。

「そうか。やはりな」

牧原は頷《うなず》いた。

「何なんだ？」

林は上目づかいで牧原を見た。井上も興味深げに見つめている。

「俺は、お前らが殺ったひとりを別にして、二人のナイトメアを見ている。あれは、何だかしらないが、人間の根源的な憎しみをかきたてるものがある。お前の相棒は、俺に殺られることがわかっていても、原宿で倉沢洋一を殺ろうとした。そいつは復讐《ふくしゅう》のためだけじゃない。存在を許せない、人間としての原始的な本能に従ったのさ。特にクリスチャンなら、それは強かった筈《はず》だ」

　林はぽかんと口を開いた。

「何をいってる？　あれが聖書にでてくる悪魔だとでもいうのか」

「あれは人間が作りだした、人間の別の姿だ。だが痛み止めを打って頭のネジがすっとびかけていたトビーにとっちゃ、悪魔に見えたろうさ」

　林はあきれたように横を向いた。

「確かにトビーは切れかけていた。だが無理もない。仲間を殺られ、片腕をとられたんだ」

「苦労したのだろう、奴を抑えるのに。俺を撃とうとしたトビーをお前は止めようとした」

「プロらしく仕事をしたかっただけだ」

「何のプロだ？　殺しのプロか」

　井上がいった。林は目を上げ、

「お前らとはかかわりのない世界だ」

　と告げた。

　牧原は新しい煙草に火をつけた。

「恵比寿の工事現場で殺った奴の話を聞かせてくれ」

「お断りだ」

林は吐きだした。牧原はいった。

「お前らを裁判にかけることはできない。とすりゃ、お上は、ふたつにひとつだ、わかるか」

「取引をしようってのか」

「そうだ。お前らをここからほうりだすか。それとも、もともと存在しない筈の人間なのだから、存在を消しちまうか、だ」

「日本の政府にそんな根性のある奴がいるものか」

「だから俺が雇われている」

牧原は静かにいった。林は表情をかえずに息を吸いこんだ。

「お前の言葉が信じられるか」

「今は信じるんだな。どのみち、誰の言葉も信じられる状態じゃない」

林は目を閉じた。牧原は無言で見つめた。

林はプロだ。プロならば、最後は自分の生命を守るための選択をする筈だ。クライアントに操《みさお》をたてて密殺される道を選ぶことはありえない。

牧原でもそうする。

金のために動くプロは、しかし金のために自分の命を捨てることはない。あけみはそのことに気づかなかった。

林が目を開き、息を吐いた。

「いいだろう、取引だ。お前は俺を殺さない。そして釈放させるよう働きかける」

「ただし釈放の時期は今じゃないぞ」

「いつだ？」

「この件に関する結論がでたときだ」

「奴らを皆殺しにするときか？」

林がそんなことはできる筈もない、という口調でいった。牧原は答えた。

「か、この東京にいる生き物すべてが皆殺しにされるときさ」

しばらく誰も口をきかなかった。やがて林がいった。

「金がいるな」

「金？」

「情報料として一千万だ」

井上があきれたように吐きだした。

「何を考えてやがんだ」

それを目顔で制し、牧原は訊ねた。

「一千万の価値がある話か」

「たぶんな」

林は無表情に瞬きをしていった。

「それと即時釈放だ」

牧原は煙草に火をつけた。

「あまり強気にでない方がいいぜ。いざとなりゃ薬を使う手もある」

「ペントタールか？　時間がかかるぞ。俺は訓練を受けているからな」

自白剤《ペントタール》は睡眠薬の一種だ。時間をかけて注入し、朦朧《もうろう》状態におとしいれなければならない。一気に注入すれば眠らせてしまう。しかも「訓練を受けている」というのがハッタリでないとすると、こちらの望む結果を手に入れるためには、十時間、長ければ二十四時間がかかる。

牧原は林の顔をじっと見つめた。林は見つめかえした。

「釈放されたらどうする」

「飛行機に乗っておさらばだ」

「そうかな。化け物狩りにまたでていくのじゃないのか」

林は首をふった。

「今さらどうにもならん」

「契約を途中で放棄するのか」

「もうクライアントの望んだ結果はでんさ」

牧原は頷《うなず》き、煙草を消した。

「待ってろ」

本部に戻り、剣持に話した。剣持はにべもなくいった。

「不可能だ」

「だがそれがいちばん早い」

「いったい何の役に立つ？」

「N5だ」

牧原はいった。剣持の顔がこわばった。

「N5――」

「N1、N2、N4には人間関係があった。しかし恵比寿のN3はその三名とは無関係な人間だ。N3と、あとひとり残っているN5が人間関係をもっていた確率は高い。N3の身許は割れたのか」

剣持はあたりを見回し、いった。

「新宿在住のフリーターで、日野という二十三歳の男だった」

「N3がN4とN5を結びつけた可能性がある」

「つまり、あの工作員はN5を知っているというのか」

「そうだ。N5に会うためにN4は新宿に向かったとも考えられる」

剣持は深く息を吐いた。

「奴以外にもその情報を知っている可能性がある人間はいるだろう。たとえば坂本という、女生徒はどうなんだ」

「行方不明だ。現場から姿を消し、自宅にも戻っていない」

「やはりあの女生徒がN5かもしれんじゃないか。N4と同様で完璧《かんぺき》なコントロールをしているとしたら――」

「それはありえない」

牧原は首をふった。

「なぜいいきれる」

まさか寝た、とはいえなかった。

「N2のときのストレス状態を考えろ。あんな状況下でも変態をおこさなかったんだぞ」

「じゃあどこにいった？　あれだけストレスにさらされたにもかかわらず、坂本は、ナイトメアとわかっているN4と行動を共にしていた。その理由は」

「ひとつだけある」

「何だ？」

「それは、東河台学園に届けられている坂本の身許に関するデータを照合してみれば確かめられる」

「心あたりがあるんだな」

「ないさ。もしかしたらという可能性だけだ。まちがっていれば、ただの女子高生にあらぬ疑いをかけたことになるんで、今はいいたくないだけだ」

苦しいいいわけだった。だが牧原は自分の疑いのウラがとれるまでは、未知についての自分の考えを誰にも話したくなかった。話せば、それはひどく苦い響きをともなうものになるだろう。

「林との取引のことを考えてくれ」

剣持は天井を見上げた。

「――あと二時間ほどでグレアム博士が到着する。それまで待てるか」

「奴に何をさせるつもりなんだ」

「くればわかる」

剣持は言葉を濁した。牧原は頷いた。

「いいだろう、二時間で新宿が壊滅することもないさ」

「すべてに検問を張った。道路、電車、地下鉄。Ｎ４は新宿からはでられない」

剣持の言葉に牧原は目をみひらいた。

「本気か。そこまで追いつめたら、いったい何が起こるかわからんぞ」

「それしか方法がないんだ。いずれにせよ、Ｎ４は捕獲しなけりゃならない」

「そいつはまちがっている」

牧原はいった。

「絶対にまちがっているぞ」

13

グレアムが到着したのは、午前六時二十分だった。アメリカ空軍の用意した特別機で横田まで飛び、横田からヘリと自動車を乗りついで、特別捜査本部にやってきたのだ。

外はもう夜が明けていた。倉沢洋一に関する情報はその後まるで入っていなかった。じきに通勤ラッシュが始まる。その人混みを利用して逃走をはかるのではないかという焦りが、本部の空気を重くしていた。

グレアムはアメリカ陸軍情報部のヘルナード中佐をともなっていた。二人は本部に着くと剣持からブリーフィングをうけた。牧原も同席した。

牧原はブリーフィングのあいだじゅう、ひと言も口をきかなかった。ただ鋭い目でグレアムを見すえていただけだ。

ブリーフィングが終わると、いった。

「あんたのよこした解毒剤は、ただの毒と同じだった。結局、ナイトメアを殺しただけだ」

グレアムは平然と頷いた。

「私が考えていた以上に、『ナイトメア90』は完璧な残留作用があった。『ウェイカー』の効果については、五〇パーセントと考えていたが、今のところその数値には達さないようだ」

「あんたを縛りつけて、『ナイトメア90』と『ウェイカー』を交互に喉《のど》に流しこんでやりたいよ」

牧原は冷ややかにいった。グレアムは身じろぎした。

「冷静になれ、マキハラ」

ヘルナードがいった。

「俺は冷静さ。頭のネジがぶっ飛んでいるのは、このお偉い先生の方じゃないか」

グレアムは咳《せき》ばらいし、剣持を見た。

「その後の研究の結果、興味深いデータが採取された」

「何です？」

剣持が訊ねた。

「ラットにおける実験だ。私は『ナイトメア90』を接種し、変態ののち復元する能力をもったラットを二匹作りだすことに成功した。この実験には、それぞれ違う部屋を用いた。その後、この二匹は、百匹のラットの入ったケージに放たれた。するとどうなったと思う？」

「食っちまったか？　百匹を」

牧原はいった。グレアムは無視し、いった。

「二匹が互いを認知したのだ。もちろん、それとわかるようなタグなどの目印はつけてない。我々はラットの肉眼からではわからない、特殊な塗料でその二匹にマーキングをしていた。にもかかわらず、『ナイトメア90』を接種されたラットは、互いをそれとわかったのだ」

「で、どうなったのです？　戦ったのですか」

剣持が訊ねた。

「いや。認知しあったのち、この二匹は変態をとげた。そしてあとの百匹をすべて嚙《か》み殺した」

剣持は目を閉じた。グレアムはつづけた。

「この実験の結果が示唆していることはいくつかある。まずひとつは、ナイトメアは互いを認知しあうということだ。たぶん『ナイトメア90』によって活性化された旧脳がある種の信号を発し、それを同じく活性化した旧脳をもつナイトメアが受信するのだと考えてよいと思う」

「それは距離に関係していますか。それともテレパシーのように無関係なのですか」

剣持が訊《たず》ねた。グレアムは首をふった。

「今のところ、それについては解明されていない。が、通常の人間の脳の中でも、微弱な電気信号が発せられている。つまり脳波だ。もしこの中にちがうパターンが生じていて、それが互いに影響しあうとすれば、それはやはり遠距離では難しいだろう。せめて互いが見えるまでの位置に近づいてから、ということになる」

「影響しあうとどうなるのです？」

「ナイトメアに変態する可能性が高い。ただし人間の場合においては不明だ」

「N4とN5は、互いを知らなくともそれとわかるということだ」

剣持は牧原を見た。

ヘルナードが口を開いた。

「その上でグレアム博士は、君たちに有効な新薬を開発した」

「また薬か」

牧原はつぶやいた。グレアムへの嫌悪感は増す一方だった。

グレアムが、足もとに大事そうにおいていたジュラルミン製のアタッシェケースをとりあげた。

「私はさきほどの実験結果から、復元状態にあるナイトメアを発見する手段をこうじられないかと研究した。方法は単純だ。旧脳を活性化させる薬剤を開発すればよい。その効用そのものは『ナイトメア90』と同じものなので、そこから発展させればよいことだった」

アタッシェケースを開いた。厳重に梱包《こんぽう》された、ワクチンのような液体薬品があった。

「これは、『ナイトメア90』のような極端な変態作用を抑え、旧脳の信号のみを活性化させる薬だ。『ナイトメア100』と名がついた」

「そいつをどうしようっていうんだ？」

「ナイトメアの捜査メンバーに注射する。そうすると、復元状態であってもナイトメアと接近、遭遇すれば、はっきりと知覚することができる」

「冗談のつもりか。ナイトメアを増やすだけじゃないか。極端な変態作用を抑えるったって、変態は起こるだろうが」

「ウノ博士の研究で、極端な変態は、服用者のストレスへの耐性と密接な関係があることがわかっている。この『ナイトメア100』は、よく訓練された経験豊富な兵士に使用することで、旧来の『ナイトメア90』のような変態を最低限に抑制できる」

「つまり化け物にはならない、と――？」

剣持が訊ねた。

「そうだ。もちろん、訓練も経験もない人間が使用すればこの限りではない」

ヘルナードが皮肉のこもった口調でいった。

「マキハラ、君にぴったりの薬だ」

「馬鹿をいうな。たとえ銃殺するといわれてもお断りだ」

牧原はいった。

「そういうと思った。そこでもうひとつの興味深い実験結果をグレアム博士から公開してもらおう」

ヘルナードは怒りもせず答えた。グレアムは開いたアタッシェケースをそのままでつづけた。

「先ほどのラットが復元したのち、我々は今度は雌のラットを入れたケージに放した。この雌は『ナイトメア90』を投与していない普通種だ。二匹のラットは交尾をおこなった——」

誰もが黙りこんだ。

「——交尾中、変態はおこらなかった。交尾が終了し、私は二匹をひき離すと時間の経過を待って、雌を解剖した。雌は妊娠しており、二匹の胎児を身ごもっていた。その胎児の脳からは『ナイトメア90』と同じ成分が発見された」

「つまり、ナイトメアの子はナイトメアになる、ということか」

牧原はいった。背すじがこわばってくる。

「そういうことだ。人間の場合が同じかどうかは実験データがないので簡単には結論をだせない。しかし現在、自由に行動している、君らのN4とN5が生殖行為をおこなえば、ナイトメアはさらに増えると見ていいだろう。十ヵ月後には」

グレアムは冷静にいった。剣持は牧原を見た。明らかに動揺していた。

「潜伏中のN4、N5が性行為をしていたらことだ……」

それがあけみをさしているものだと牧原は気づいた。

倉沢洋一があけみを犯す——そんなことは考えにくい。では未知はどうなのだ。あれだけ親しげにしていたふたりが肉体的接触をおこなっていた確率は高い。

「まさに悪夢《ナイトメア》だな」

ヘルナードはいった。

「この研究結果を得て、我が国の国防省は真剣に戦術核の使用を検討し始めている。時間は無制限ではない、ということだ。N4とN5の確保に時間がかかればかかるほど、N6、N7と、その数は爆発的に増えていく。いわば悪性の性病と同じだ」

「期限は――期限についてはどうなんだ」

剣持が訊ねた。

「四十八時間」

「なんだと！」

剣持が叫んだ。

「米軍が開発した薬のために我が国国民にこれほど被害がでているというのに、あんたたちは四十八時間しか我々に猶予を与えないというのか！」

「大統領も陳謝の意を表しておられる。それと、この問題の責任は、我々アメリカ軍人ではなく、B・S・L――過激派『ブルー・スカイ・ラバーズ』にあることを忘れんように」

剣持は席を蹴《け》った。

「我々のみでミィーティングをおこないたい」

「ご自由に」

ブリーフィング・ルームをでた剣持と牧原は、渋谷署の廊下に立った。

「アツくなってるな」

牧原はいった。

「あたり前だ。くそ――」

剣持は荒っぽくネクタイを緩めた。

「四十八時間か」

牧原はつぶやいた。たぶんホワイトハウスと首相官邸のあいだでも激昂《げっこう》したやりとりが交わされているにちがいなかった。

「『ナイトメア100』の投与が可能な人材はそっちにいるか」

「いない。いるわけないだろう。ナイトメアがどんなものかすら知らん自衛官が大半なんだ」

剣持が吐きだすようにいった。

「だろうな」

牧原は頷《うなず》いた。冷静に判断して、『ナイトメア100』を使用するにふさわしい人間は自分しかいない。

が、それを考えると吐きそうだった。

「林との取引についてはどうだ」

「一千万が一億でもくれてやる」

剣持は暗い目になっていった。

牧原は井上刑事とともに再び林といた。

「取引はオーケーだ」

牧原がいうと、ぼう、というように林は目をみひらいた。

「我々の訊問《じんもん》がすめば、一千万のキャッシュが渡される。そのあとはどこへいこうとお前の自由だ」

「証拠は?」

「銀行が開き次第、お前の足もとに積みあげられる」

「信用しておこう。どうやらそっちには時間があまりなさそうだからな」

「その通りだ。だから取引はうけいれられた」

「一千万じゃ安かったかな」

「かもしれんな。だがここで欲をかくと命を失うぞ」

牧原の言葉に、井上ははらはらしたような顔を向けた。

「いいだろう。何を知りたい」

「まずN3を見つけた方法だ」

「『植田会』を襲ったとき、俺たちは片っぱしから拷問にかけた。『ナイトメア90』をもっていそうな奴について心あたりはないかとな。幹部クラスの連中は、薬なんか見たこともない、という奴ばかりだったが、ひとり若いチンピラが例の、キヨシというプッシャーについての情報をもっていた。キヨシはふだん『植田会』の縄張りのディスコ『メイプル』で商売をやっていたが、客が少ないときは、新宿にもいっていたというんだ」

「新宿はよその縄張りだろうが」

牧原は井上を見やった。井上は顎《あご》をなでた。

「あたしがいたときは、眠剤《いい》はどこ、L・S・Dはどこ、と決まっていましたがね。よその売人が商売をしているとこを見つかりゃ、腕の一本も叩《たた》き折られたでしょう」

「キヨシは、こっそりコネをつけていた。相手は新宿の組員だ。同じプッシャー仲間を通じて紹介された男だったらしい」

「そのプッシャー仲間というのが日野か」

「そうだ。キヨシは『ナイトメア90』を、日野に二錠渡し、新宿での商売に目こぼしをしてくれるよう、日野の上にいた新宿の組員に頼んでいた」

「その組員というのは？」

井上が訊《たず》ねた。林は首をふった。

「わからん。そいつを訊《き》こうと、さらに奴を痛めつけたら、化け物にかわり始めたんだ。俺たちは奴が化け物にかわり終わる前に殺すしかなかった」

「日野は残りのもう一錠をもっていなかったんだな」

牧原はいった。

「ああ。もっていなかった。奴のアパートも洗ったがでてこなかった」

井上は首をふった。

「新宿に組員が何人いると思ってやがるんだ」

「お前らはどうやってその先をつきとめるつもりだったんだ」

「倉沢だ。奴がキヨシから『ナイトメア90』を買っていたにちがいないことはわかっていた。『メイプル』を襲ったときに知ったんだ。奴はひと足早く女とそこをでた。ホテルにしけこんだのさ——」

牧原の頭で閃《ひらめ》くものがあった。

「宇田川町のラブホテルか」

あの晩、十七歳の女子高生がホテルで殴り殺されるという事件があった。牧原が井上を見ると、井上の顔色もかわっていた。

「ホテル『カリフォルニア・ドリーム』か。あの、板橋って都立高生が殺された——」

「そうだ」

林は頷《うなず》いた。

「なんてこったい……」

井上は呻《うめ》いた。

「現場にいったのか」

牧原は訊ねた。

「いきましたよ。むちゃくちゃだった。部屋ん中はね。かわいそうに女の子がすっぽだかで殺されてた。死因は首の骨折です。その子には売春の補導歴があったんで、あたしたちはてっきり変態野郎の客をひろっちまったんだろうと思ってた」

牧原は息を吸い込んだ。おそらくそのときが、倉沢のナイトメア化した初めての経験だったのだろう。その後、倉沢は復元し、自分のしたことを知った。

「なぜ倉沢が新宿の組員の手がかりになると思った」

「その娘だ」

「そうか！」

井上がいった。牧原は井上を見やった。

「どういうことだ？」

「板橋って子は、前に新宿でL・S・Dを売ってたところをつかまったこともあるんです。高校生がL・S・Dってのは、ちょっと解せないでしょ。そうしたら兄貴からもらったって――」

「兄貴？」

「その娘の兄貴は、『東風会』って新宿の組のいい顔なんですよ。板橋重男っていいましてね」

それがN5だ――牧原は確信した。だが倉沢は、その板橋の妹を殺しているのだ。ふたりが会えば、それは必ず殺しあいになるだろう。

にもかかわらず、なぜ倉沢は新宿にいったのだろうか。

「板橋というのはどんな男だ」

「年は、二十七、八なんですがね、へんに胆のすわった野郎で、二十三、四のときからてめえの組を作ろうかって甲斐性がありましたね。若いのも、けっこうくっついてて。『東風会』は、表向き、ヤクが禁止なんです。だが野郎は平気で扱ってた。『金になるんだ、どこが悪い』ってなもんです。ハネあがりで、上にゃ煙たがられてたようだが、今の、会社みてえになっちまってる組に不満のある若い奴らには人気がありますよ。羽振りもいいし、今みたいに新宿をたくさんの組で分けあってんのは馬鹿くせえ、なんて平気でいいますからね」

「根城は？」

「そいつは今のあたしじゃわかりません。新宿の四係にでも訊けばわかるかもしれませんが――」

「調べてくれ」

井上は頷いた。腕時計をのぞき、

「誰かいるだろう、電話してみますわ」

部屋をでていった。

牧原は林とふたりきりになった。

「もういいだろう」

林がいった。牧原は首をふった。

「B・S・Lについて訊かせてくれ。お前たちは最初、B・S・Lから渋谷のディスコに辿《たど》りついたのだろう」

「そうだ。だが俺は詳しいことは知らん」

「B・S・Lにも二派あるそうじゃないか。過激派と穏健派と。ゾレゴンを襲ったのは過激派の方なのだろう。だがゾレゴン内部に手引きをした奴がいなけりゃ、簡単には侵入できなかった筈《はず》だ」

「ああ、そうだ。だがそいつはB・S・Lじゃなかった」

「金で転んだのか」

「ちがうね」

林はいい、息を吸い込んだ。ウラがある。牧原は確信した。

そのとき取調室のドアが開いた。牧原は井上だと思い、ふりかえらなかった。銃声が轟《とどろ》いた。牧原は思わず床に伏せた。銃を手にふりかえると、ヘルナードが立っていた。

林の額を射ち抜かれた死体が、床に転がった。

「何の真似だ！」

牧原は英語で叫んだ。右手には、反射的にSIGを握りしめ、ヘルナードを狙《ねら》っている。

ヘルナードは無表情にいった。

「悪いがこれも任務だ。『ナイトメア90』に関する情報をもった危険人物は排除せよ、といわれている」

取調室の外には銃声を聞きつけた自衛官や警察官が何事かと集まっていた。その中には井上や剣持の姿もある。

「銃を捨てろ」

牧原はヘルナードの胸に狙いをつけ、いった。ヘルナードは肩をすくめ、手にしていたベレッタM92を床においた。

「井上」

牧原は声をかけた。

井上は並んだ人をかきわけ、取調室の中に入ってきた。倒れている林の首に指をあてた。

「殺人の現行犯ってわけですか」

鋭い目でヘルナードを見た。ヘルナードは日本語がわかったのか、薄笑いを浮かべ英語でいった。

「私の日本国内における武器使用については、安全保障条約によって特別許可が下されている」

「何だっていうんです?」

井上は牧原を見やった。牧原は答えず、ヘルナードをにらんでいた。林が最期に口にしていた言葉が頭に残っていた。B・S・Lの研究所襲撃に手を貸した人物は、B・

S・Lのメンバーではなく、しかし買収されたわけでもなかった――。となると、何が目的であったのか。

「井上刑事、この男を逮捕し、拘留したまえ」

声がかけられた。剣持だった。剣持は厳しい表情でヘルナードを見すえ、前に進みでた。英語でつづける。

「ヘルナード中佐、君を逮捕するよう、私はこの刑事に命じた。君の特別権限に関する法的な確認がおこなわれるまで、君は犯罪容疑者としてのとりあつかいをうける」

ヘルナードは表情をかえなかった。

「どうぞ。が、日米の友好関係を決して損わないようにな」

剣持は無視し、井上に、

「連れていけ」

と命じた。

井上はため息を吐き、ヘルナードの肩をぽんぽんと叩いた。

「じゃ、外人さんよ、いこうか」

ヘルナードは平然と取調室をでていった。剣持は廊下にいる自衛官を呼びよせ、林の死体を片づけるよう命じた。

「現場検証をおこなわないのか」

牧原は煙草をくわえ、訊《たず》ねた。剣持はいまいましげに息を吐いた。

「無駄だ。ヘルナードのいう通り、奴には特権がある。我々がやれるのは、本国との連絡がつくまでの数時間、奴を留置場に放りこんでおくくらいのことだ」

牧原は煙を吹きあげた。

「いったい何があった？」

剣持はいった。

「口を封じたんだ」

「――？」

「『ナイトメア90』がゾレゴンから盗みだされ、日本国内にでまわったのには、B・S・L以外の関係者の手引きがあったからだ。林はそれを喋《しゃべ》ろうとしていた」

剣持の目が鋭くなった。

「本当か」

「嘘《うそ》をいっても始まらんだろう」

「――調べてみよう」

剣持はつぶやいた。牧原はいった。

「同じドアを叩いても返ってくる答えはいっしょだ」

「わかっている。米軍ではなく別の筋をあたるさ」

井上が戻ってきた。

「新宿の四係と連絡がとれましたよ」

「で?」

「板橋のヤサは、新宿と大久保の境めの職安通りに面したマンションです。なんと奴は、この何日か前に『東風会』を破門になって、子飼いの若い衆を連れて、てめえの組を旗上げしたっていうんですよ」

「破門?」

「不始末をしでかしたんでしょう。会社でいや、クビですよ」

「他に立ちまわりそうな場所は?」

「今あたってもらってます。とりあえず、ヤサ、いきますか」

牧原は剣持を見た。

「N5だ」

剣持は頷《うなず》いた。

「覆面パトを待たしてあります」

井上はいった。

「グレアムも連れていこう」

牧原は剣持に告げた。ヘルナードを引き離しておけば、グレアムも何かを喋るかもしれない。

夜の明けた街を覆面パトカーは疾走した。ハンドルを握っているのは井上だった。助手席に牧原がすわり、後部席に剣持とグレアムがいる。

本部の外にでたくないといいはるグレアムを、剣持はなだめすかして連れだしたのだ。最後には、「変態をとげたナイトメアを見るチャンスだ」という言葉に興味を惹《ひ》かれたようだった。グレアムのいびつな科学的好奇心に、牧原はますます嫌悪感がつのるのを感じた。

覆面パトカーのうしろからは、大型トレーラーを含んだ自衛隊の捕獲部隊がついてきていた。彼らに渡されているのは拳銃《けんじゅう》や自動小銃などの通常装備だった。ナイトメアには歯は立たない。

新宿七丁目にある、板橋のマンションまでは、ものの十分で到着した。

グレアムがいった。

「『ナイトメア100』を射たないのかね」

牧原は首をねじり、ふりかえるといった。

「まだだ」

そして井上と剣持をうながした。

「いこう」

「私はここにいるのか」

グレアムは不安げに身じろぎをしていった。

「そうだ。恐けりゃ、ドアをロックしていることだな」

「そんなことは何の役にも立たない。護衛の人間を残したまえ。ヘルナード中佐はどこだ？」

牧原は煙草に火をつけ、いった。

「奴は拘留中だ。護衛なら、うしろの装甲バスにごまんと乗ってる」

覆面パトカーを降りた。

マンションは、ありふれた造りの六階建ての建物だった。七時を過ぎ、早起きの通行人もいて、ものものしい車の数々に足を止めている。

「奴の部屋は二階です。二階の二〇二です」

井上がいった。

「廊下を散開させ、建物の周囲を固めてくれ」

牧原はいった。剣持が頷き、ハンディトーキーを渡した。

「固め終わったら連絡する」

「よし、いこう」

牧原は煙草を踏み消した。

マンションの入口のガラス扉は観音開きで、片方が開かれもう片方が閉じていた。入って左手に集合式の郵便受がある。

正面にエレベータ、手前右が階段の踊り場だった。

牧原と井上は入口をくぐると階段に向かった。踊り場に立つ。

「板橋はいますかね」

小声で井上がいった。

「奴がN5なら、まずいないな」

「植田会の、あのありさまを思いだすと、いてほしかないですがね」

首をふり、つぶやいた。牧原は微笑した。飄々《ひょうひょう》としたこの中年の刑事には、古参兵のあきらめにも似た、戦場での落ちつきが感じられる。

牧原が腰につけたハンディトーキーが、ザッと音をたてた。

「剣持だ。散開完了。交通をしゃ断した」

「了解」

牧原は返事をして、井上に目配せした。井上はため息をつき、腰につけたホルスターから、ニューナンブを抜いた。

「じゃ、いきましょうか」

二人は階段をあがった。牧原は『ウェイカー』の射出器を握った。

土地柄か、早朝のマンションには物音がしない。住人の大半は、夜の勤めを終えて、眠りにつこうとしているのだろう。

二階の廊下も静かだった。二〇二号室の、赤く塗られたスティールドアの前に立った。紙に『板橋組』と墨書されたものが、表札代わりに貼《は》られている。

井上がインターホンのボタンを押した。すぐには返事はなかった。もう一度、井上が押すと、しばらくして、

「誰だ」

不機嫌そうな男の声が応じた。

「渋谷署の者だ。開けろ」

井上は投げやりな口調で告げた。

「渋谷署ぉ、何の用だい」

「いいから開けろ、さっさと開けないとガサかけるぞ」

「朝っぱらから何いってやんだ、馬鹿野郎」

インターホンは沈黙した。井上は息を吐き、牧原を見た。

「この際だから荒っぽくいきましょうかね」

「そうだな」

井上はいきなりドアを蹴《け》り始めた。ガンガンと音が響く。

「開けろっつったら、開けんだよ、この野郎！　警察なめてんのか、てめえ！」

ばたばたという音がドアの向こうでした。眠っていたのが起きだしたらしい。やがてロックとチェーンを外す音がした。

ドアが内側にひき開けられた。額に剃《そ》りこみを入れた、二十二、三の男が現れた。派手な色のスウェットの上下を着け、血相をかえている。

「うるせえぞ！　この野郎――」

怒声をはりあげた瞬間、井上は手にしたニューナンブの銃口をそのチンピラの額に押しあてた。ガツッと音がした。チンピラは息を呑《の》んだ。

「いきがるんじゃねえ、お上《かみ》の御用だっつってんだろうが」

そのまま奥へと押しこんだ。井上につづいて、牧原も中に入った。

そこは典型的な2DKのマンションだった。リビングと六畳ほどの和室の床に布団がしきつめられ、男たちの体臭がむっとこもっている。見渡すと、四、五人の、たいして年のちがわないチンピラたちが立って、にらみかえしてきた。

「何しやがんだよ！　てめえ、令状あんのか、令状は！」

ひとりが叫んだ。井上はにやりと笑い、

「超法規的措置って奴だ」

といって、銃口をその男に向けた。

「板橋はどこだ？　まだ寝くさってんのか」

一枚だけ、閉じたドアを顎《あご》で示した。

「知らねえな」

牧原はそっちに足を踏みだした。立ち塞《ふさ》がろうとしたチンピラのひとりの足を払い、もうひとりの顎に肘《ひじ》打ちを叩きこんだ。色めきたった男たちの足もとに向け、井上が発砲した。

狭い室内で銃声が耳をつんざいた。男たちは動かなくなった。

「がたがたすんじゃねえ！」

ドスのきいた声で井上はいった。牧原はドアの前に立つと、『ウェイカー』の射出器をかまえ、蹴り開けた。

そこは、急造の「組長室」だった。デスクがおかれ、天井近くに神棚がすえられている。人の姿はない。

牧原はデスクに歩みよった。ひきだしを片端から開けていく。ひとつだけ、鍵《かぎ》のかかったひきだしがあった。

あたりを見回し、壁ぎわにたてかけられたゴルフのパターを手にとった。ひきだしの錠前の部分をパターで叩き壊す。

ひきぬいた。

銀色のカプセルが書類などに混じって転げでた。『ナイトメア90』の容器だった。牧原は拾いあげ、カバーを開いた。デジタル表示の時計が、服用後の時間を表示していた。百四十時間を過ぎている。

牧原はそれをポケットにしまい、見守っていた男たちのところに戻った。

ひとりに訊《たず》ねた。

「なんで板橋は破門になったんだ？　え？」

答えず、そっぽを向いた。他のチンピラたちも同じように答えない。

牧原はSIGを抜くと、男の足の甲を撃った。銃声が響き、男はひっくりかえった。血が噴きだした足を抱え、悲鳴をあげる。

「なんでだ？」

男の髪をつかみ、銃口を頰《ほお》にくいこませた。

「あ、兄貴に手をだしちまったんだよ……。兄貴が、自分のスケに、組長とできたんだろうって、ヤキ入れたんで、頭きて……」

「そのスケってのは？」

「歌舞伎町のクラブにつとめてるミサって女だよ」

「どこに住んでる？」

「知らねえよ」

「もう一本の方の足も風通しよくしてやろうか」

「わかったよ！　五丁目のマンションだよ、伊勢丹の裏の——」

マンションの名と部屋番号を男は喋《しゃべ》った。

「兄貴はどうなった？」

「きのうの夜から、話つけにいってんだよ、その女のマンションで」

「そこに板橋がいっしょにいるんだな」

井上がいった。

「そうだよ！」

牧原は男をつき放した。男は転げまわった。

「いこう」

牧原は井上をうながした。

「倉沢もそこにいますかね」

覆面パトカーに乗りこむと井上はいった。

「たぶんな」

「どうだったんだ？」

グレアムが訊ねた。牧原はカプセルを投げた。井上はパトカーを発進させた。自衛隊の捕獲部隊は、半数をそこに残して、あとにつづいた。

「五日以上経過している」

グレアムがデジタル表示を見て、剣持にいった。

牧原は剣持をふりかえった。

「封鎖はつづけているのか」

「いや、交通局との話しあいがつかず、十分前に解除した。現在は検問だけだ」

「その方がいい」


ミサという女が住むマンションは、八階建ての、板橋のところに比べると高級な造りだった。その最上階八階に部屋はあった。

同じように道路を封鎖し、今度は、井上、剣持、グレアムとの四名で、牧原はエレベータに乗りこんだ。

エレベータの中で、剣持が牧原に数枚のファックス用紙をさしだした。

「お前に頼まれた、坂本という女生徒に関するデータがさっき届いた」

牧原は目を通し、吐きだした。

「くそっ」

ファックスには、坂本未知という女性は届けのあった本籍地に実在するが、地元の高校に通学していて、東河台学園への転校の事実はない旨が記されていた。つまり、牧原の知る未知は、別の人間なのだ。

「何者なんだ、彼女は」

剣持が訊ねた。

「決まっている。B・S・Lの活動員だ。『ナイトメア90』のデータを入手して公表するために、東河台にもぐりこんだんだ」

「高校生に化けてか」

「年はたいしてちがわないのだろ。未知のマンションを捜索させれば正体がつかめる筈《はず》だ」

「手配する」

八階に到着した。エレベータのドアが開いた瞬間、四人は息を呑《の》んだ。

「なんてこった――」

井上がつぶやいた。

八階の廊下は、すさまじい惨状となっていた。並んでいる六つの部屋の扉はすべて開け放たれている。廊下の、床といわず、壁、天井にいたるまで、おびただしい血がとび散り、ばらばらになった人間の手足や内臓が散乱していた。

「どうやら兄貴分というのは、手下を連れてきて、板橋に仕返しをするつもりだったようだな」

牧原はいった。緊張感が這《は》いあがる。変態した板橋は、騒ぎに気づいた八階の住人すべてを皆殺しにしたようだ。

スティールドアが、まるでブリキのようにあっさりと破られている。

「ひでえ……」

内部には、若い、仕事帰りと覚《おぼ》しいスーツ姿の女の死体があった。

「いったい全部で何人が殺られたんだ……」

井上が呻《うめ》いた。原形をとどめている死体はほとんどない、といってよかった。咬《か》みちぎられたように、人体の各部分が散らばっている。中に、ナイフや拳銃《けんじゅう》を握りしめたままの腕もあった。

ミサが住んでいたという八〇一号室に四人は近づいた。廊下も各部屋も静まりかえっていて、生き物の気配はない。

牧原、井上、グレアム、剣持の順で、四人は自然に縦の隊列を組んでいた。八〇一号室のドアの手前までできて、牧原は無言で手をあげた。全員の足が止まった。

八〇一号室のドアは内側からへし折られたように、上半分が反りかえっている。とてつもない力が加わらなければ、こうはならない。

濃い血の匂《にお》いが漂っていた。

かすかな音が聞こえる。

しゅるしゅる、しゅるしゅる、という、細い蒸気が噴きだすような、蛇が床を這うような音だ。

ナイトメアが中にいる――牧原は直感した。『ウェイカー』の射出器を抜いた。ドアの向こう側は、カーテンの降りた暗い部屋だ。

井上が前にでようとした。その肩をつかみ、牧原は首をふった。

ドアをまたいで、部屋の中に入った。背筋がぞくぞくした。唇をぎゅっとすぼめ、『ウェイカー』の射出器をかまえた。

廊下をまっすぐに進む。カーテンのしまった横長のリビングに入った。家具が、巨大な手で払いのけられたように片隅におしやられている。砕けたガラスの破片が靴の下でばりばりと音をたてた。

正面の窓ぎわに、女がひとりすわりこんでいた。背中をカーテンの向こうのサッシに預けるようにしている。薄目を開けていたが、生きているのか死んでいるのかはわからなかった。

牧原は目をこらした。かすかにその肩が上下しているのがわかった。生きている。派手な目鼻だちをした、髪の長い女だった。白のトレーナーにジーンズをはき、裸足だ。

牧原は室内を見回した。他に人の姿はなかった。

女がゆっくりと首を動かした。目があった。女の目が広がった。

「ミサさんだね」

牧原はいった。女が何かをいおうと口を開いた。

次の瞬間、何かが牧原の首にまきついた。体がもちあがり、部屋の反対側に投げだされた。女が悲鳴をあげた。

牧原は壁に叩きつけられた。肺の中の空気をいっきに吐きだした。もうろうとした視界の中で、天井一面に、銀色をした鱗《うろこ》状の何かが広がっているのが見えた。そこからまるでロープのように一本の触手がさがっている。

「牧原！」

剣持がとびこんできた。天井にはりついたナイトメアに気づかず、ＳＩＧをかまえた。

「う、うえだ！」

剣持がはっと頭上を仰いだ。同時に槍《やり》ぶすまのように、触手が数本降ってきた。一本の直径が一センチほどで、まるで鋼でできているかのような鋭さがある。そのうちの一本が剣持の右腕を貫き、床に刺さった。

剣持は呻《うめ》いて、拳銃をとり落とした。銃声が轟《とどろ》いた。井上だった。廊下に立ち、天井めがけ、ニューナンブを発砲したのだ。

びしっという音をたて、ニューナンブの三十八口径弾が鱗にくいこんだ。だがナイトメアに変化はなかった。ゆるゆると、軟体動物のように天井を移動した。

「逃げろ！」

牧原は叫んだ。井上がさらに撃った。

ぽたっという音がした。牧原は目をみはった。天井から何かが落ちてきたのだ。井上の撃ちこんだ、三十八口径弾だった。ほとんど原形そのままの姿だ。ナイトメアの体は、まるでゼリーのように弾丸の衝撃を吸収し、何のダメージも受けていない。

剣持の体が唸《うな》り声とともに床をひきずられた。ナイトメアの移動にともなって、ひきずり回されているのだ。

牧原は『ウェイカー』の射出器を捜した。見つからない。叩きつけられたときに、どこかへとばしてしまったようだ。

井上がリビングに走りこんできた。剣持の体を貫いている触手に銃口をおしあて、引き金をしぼった。

触手全体がぶるん、と揺れた。それだけだった。さらに、しゅっという音とともに新たな触手が降った。

井上の体が硬直した。頭蓋《ずがい》を貫いた触手が、血を滴らせながら顎《あご》の下からとびだして床につき刺さった。

牧原は怒号をあげた。ポケットから、『ウェイカー』の矢だけをとりだし、つかんでその触手につき刺した。

触手が、ぱっと割れた。『ウェイカー』の矢はそのすきまにはさまり、薬液を何もない空中に噴出させた。

が、次の瞬間、すべての触手が天井の本体に吸いこまれた。井上がばったりと倒れ、剣持が投げだされた。

牧原は新たな矢を本体に投げつけた。

本体にひきこまれる触手とともに矢が吸いこまれた。本体が立体化し、床にこぼれるように滴り落ちた。

そしてそれはひとりの男の姿となった。初めてみる、完全復元の姿だった。

「板橋！」

牧原は叫んだ。全裸の、パンチパーマをかけた若い男の姿がそこにあった。男は目をみひらき、牧原を見つめた。口を開く。

苦悶《くもん》の叫びがあった。『ウェイカー』の矢がその喉《のど》の奥からせりだした。

「なんだ、これは⁉」

矢につづいて濁った声を男は吐きだした。矢は血にまみれて床に落ちた。

「お前を殺す薬だ」

牧原はいった。

「俺を……殺すだとお……」

男は目をみひらいた。

「俺は、誰にも殺せねえ……。チャカ食らったって、この通り、ぴんぴんしてるぜ……」

「だろうな。ふつうの武器ではお前は殺せん。こいつは特別に作られた薬なんだよ」

喋《しゃべ》りながら牧原は室内を見回していた。『ウェイカー』の射出器を捜したのだった。

あった。それは、床に転がった井上の死体のすぐかたわらに落ちている。

「はっ」

男はせせら笑った。

「特別な薬だと……。笑わせんな。俺は生まれかわったんだよ。不死身なんだ」

「お前がそういう体になったのは、キヨシがもっていた薬を飲んでからだろう」

「そうよ。それがどうした？　俺はあの薬のおかげで、もう恐いもんなしだ。新宿だろうと、東京だろうと、すべて俺の縄張りにしてやるぜ」

「はたしてそう、うまくいくかな。薬って奴には副作用がつきものなんだぜ」

「副作用だ？　どういうこった？」

牧原はわざとため息をついた。

「お前はその薬がいったいどんな代物か知りたくないか」

男はじっと牧原をにらんだ。不意にその体が天井に吸いこまれるようにのびあがった。

銀色の尖《とが》った触手が牧原の頭上から降ってきた。男は胸から上だけが人間の姿を残し、あとの下半身を銀色の鱗《うろこ》におおわれたタコのような軟体動物にかえていた。触手は牧原の額の数センチ手前で止まった。

「聞かしてもらおうじゃないか」

天井から逆さに生えた男の頭がいった。

十三秒はとうに経過している。『ウェイカー』は復元しかけていた板橋の体には効かなかったのだ。たぶん癌《がん》細胞の発生は進行させるだろうが、それは人間としての体にであって、ナイトメアである板橋の今をくいとめることはできない。

「そんなに聞きたけりゃ、そこに薬を作った張本人がいる。アメリカ人の科学者だ。通訳は俺がしてやる」

男の首がのびた。水滴が糸をひくように、頭の上についた首がのび、天井から一メートルほども下がる。その目が玄関に立ちすくんでいるグレアムをとらえた。

液体が流れるように、天井の銀色の鱗が這《は》った。グレアムは短い悲鳴をあげた。触手がグレアムの胴にからみつき、室内にひきずりこんだ。

「はなせ！　マキハラ！　こいつを何とかするんだ」

グレアムが叫んだ。板橋の目が宙吊《づ》りの頭からグレアムの顔を見すえた。グレアムは息を呑《の》んだ。

「父親に会いたいとさ」

牧原は英語でいった。

『『ウェイカー』を、『ウェイカー』を早く射つんだ」

グレアムは震える声でいった。

「何ていってるんだ」

板橋が訊《たず》ねた。

「お前は失敗作だそうだ」

「ふざけやがって」

触手が力をこめ、グレアムは甲高い悲鳴をあげた。

「待て。その薬はいずれ効き目が切れる。切れたらどうなるか、知りたくはないか」

牧原はこの状況を利用するつもりだった。板橋の質問を通訳すると見せかけ、グレアムから知りたい情報をひきだすのだ。

「どうなるんだ？」

板橋は訊ねた。牧原はグレアムに英語で訊ねた。

「グレアム。こいつは、『ナイトメア90』が盗みだされた背後には研究所の手引きがあったといっているぞ。本当か」

「なぜ、なぜ、そんなことをいうんだ」

グレアムは目をみひらいた。

「こいつが薬を買ったプッシャーがそういったらしい」

「嘘《うそ》だ！　あれはB・S・Lの破壊工作だったんだ」

牧原は板橋に告げた。

「お前が怪物への変態をくりかえしていると、やがては人間に戻れなくなるといってる」

「だからどうした？　俺は一向にかまわんぜ。とりあえず新宿を制覇してやる」

「B・S・L単独の犯行じゃなかった、とプッシャーはいったそうだ。お前がわざと盗みださせたのじゃないかと疑っている」

「ちがう！　ちがうんだ！　あれは……ウッズ大佐のアイデアだ……」

「ウッズ大佐？」

「ヘルナードの上司だ。陸軍情報部のトップだ」

「ウッズといいや、制服組じゃタカ派のトップクラスだったな。共産主義《アカ》嫌いで有名だ」

「ソビエトが崩壊したんで、今度は、仮想敵国をかえたんだ……。今じゃ日本嫌いで知られてる……」

「何だってんだ!?」

いらだったように板橋は叫んだ。

「人間に戻す方法はあるらしいんだが、なかなか喋ってくれないのさ」

板橋の首がグレアムの首に巻きついた。何重にもからみつくとしめあげる。グレアムの顔色が赤から紫に変化した。

「待て！　殺したら喋れなくなる」

牧原はあわてていった。

「てめえ、いい気になって指図するんじゃねえ！　てめえいったい何者だ。マル暴にしちゃ見ねえツラだが」

板橋は牧原をにらんだ。

「俺は自衛隊に雇われた技術者だ」

「技術者ぁ？　何のだ」

「お前らみたいのをひとりずつ片づけるんだよ」

「ふざけやがって……」

触手が数本同時に襲ってきた。とっさに牧原はよけたが、そのうちの一本が左足の膝《ひざ》のすぐ上を貫いた。

牧原は呻《うめ》いてころがった。視界の隅で、グレアムが投げだされるのが見えた。と同時に、動かなかった剣持が『ウェイカー』の射出器にとびついた。

「顔だ！　顔を狙《ねら》え！」

牧原は叫んだ。

剣持は左手にもった射出器から『ウェイカー』の矢を発射した。

苦悶の悲鳴があがった。矢は、板橋の右の眼球につき刺さっていた。『ウェイカー』がその体内に高圧ガスで注ぎこまれる。

「てめえ！　殺してやる！」

板橋の触手が剣持に向かった。牧原はSIGをひきぬいた。時間稼ぎが必要だった。心の中でカウントダウンをしながら、九ミリ弾を板橋の顔面に撃ちこんだ。

次の瞬間、板橋の顔面が鱗《うろこ》におおわれた。銃弾はことごとく衝撃を吸収される。剣持はその間に部屋の隅によせられていた家具の陰に逃げこんだ。

牧原も足をひきずりながら身をひるがえした。あと二秒か三秒で『ウェイカー』は効果をあらわす筈だ。

だが一瞬遅かった。板橋の触手が牧原の胸を貫いた。

激痛に牧原は叫び声をあげた。血に染まった触手が右の肩の下からつきでている。

「牧原!」

剣持の叫び声が聞こえた。

意識が遠のいた。

(死ぬのだな)

牧原はゆっくりと倒れこんだ。『ウェイカー』が効果をあらわした。触手が背中から抜けていくのをぼんやりと感じとっていた。

14

牧原は目をひらいた。グレアムと剣持の顔がとびこんできた。咳《せき》こみ、思わず刺された右胸に手をやった。だが刺されたときほどの激痛はない。

「どうなったんだ？」

かすれた声がでた。グレアムがいった。

「君の傷は、右肺から激しい出血を伴っていた。病院に運んでも助からなかったろう」

「だから？」

「お前の命を救うためにやむをえなかった」

剣持がいった。

「どういうことだ？」

「『ナイトメア100』を使用した。『ナイトメア100』は、受傷部分の細胞を活性化させ、出血を抑えこむと同時に苦痛神経をしゃ断する」

グレアムが無表情にいった。

「なんだと⁉」

牧原ははね起きた。まだマンションの部屋だった。井上の遺体があり、放心状態の女がすわりこんでいる。部屋の隅に、銀色のかたまりがあった。人間の骨格がつきでている。板橋であったものの姿だった。

「奴は……死んだのか」

「死んだ」

剣持は頷《うなず》いた。悲愴《ひそう》な表情だった。

「牧原、体の具合はどうだ」

牧原は立ちあがった。胸の傷は、傷口がふさがり、出血は完全に止まっている。左膝《ひざ》も同様だった。痛みもほとんどない。

「怪物になりそうなことを別にすりゃ、快調だ」

剣持は目をみひらき、まじまじと牧原を見つめた。

「本当か――」

「何だったら変態してみせようか？　くそっ」

牧原はグレアムの喉《のど》をつかんだ。グレアムはしまおうとしていた聴診器をとり落とした。悲鳴をあげる。

「さっきのつづきだ。ウッズが何だっていうんだ」

「放してくれ……。ウッズは、部下を……ゾレゴンの研究所に潜りこませていた……そいつを使って、Ｂ・Ｓ・Ｌの手引きをしたんだ……」

「じゃあ日本にもちこませたのも、ウッズの考えか」

「それが条件だった……ウッズは秘かに、Ｂ・Ｓ・Ｌの過激派と取引したんだ……」

牧原は手を離した。グレアムが咳こんだ。

「ヘルナードも承知の上だな」

「そうだ。ヘルナードはウッズの腹心だからな」

牧原は剣持を見た。

「ウッズは日本に核をぶちこみたくてしかたがないというわけだ。奴は口実が必要だったんだ」

剣持は顔をこわばらせている。

「ジョンステッカー将軍も知っているのか」

「いや、知らん。ウッズは自分より階級が上の黒人を憎みぬいている。彼は徹底した人種差別主義者だ」

「そういう奴だ」

牧原もいった。そのためにウッズは将軍になりそこねたのだと、米軍幹部の友人から聞いたことがあった。

「この件については改めて米軍にねじこんでやる」

剣持はいって、牧原を見た。

「今はそれより、残っている唯ひとりのナイトメアだ」

牧原と剣持はすわりこんでいる女に歩みよった。女は放心状態のままだった。

「ここを連れだそう」

剣持がいって、女をそっと立たせた。

「ああ」

牧原はいって、部屋をふりかえった。井上の死体に歩みよると、みひらいたままのその瞳《ひとみ》をそっと閉じてやった。合掌した。

「残念だが、彼に『ナイトメア100』は使えなかった」

グレアムがいった。牧原はふりかえった。指をつきつけていった。

「その薬は二度と使うな。もし相手がモルモットだろうと何だろうと、使ったことがわかったら、草の根を分けてでもあんたを捜しだして、必ず殺してやる」

グレアムは蒼白《そうはく》になった。

「わかったな、ドクター」

牧原は指先で鋭く、グレアムの鳩尾《みぞおち》を突いた。グレアムは呻《うめ》いた。

「わ、わかった……」

「俺は必ず、約束を守る男だ」

牧原は告げて、剣持とともに女を抱え、部屋をでていった。


倉沢洋一はやはり、ナイトメアどうしの本能で板橋のいどころを嗅《か》ぎつけたのだった。だが倉沢がこのマンションを訪れたときは、板橋はかつての兄貴分とその部下たちに対する大殺戮《さつりく》の最中だった。

倉沢はそれを冷ややかに見つめていたという。自分からは手をだすことをせず、そしてやがて立ち去ったのだった。

それだけのことを時間をかけ、牧原と剣持は、唯一の生き残りである女からようやく聞きだした。

倉沢が誰かを伴っていたかどうかは不明だった。

牧原は応急手当を受けた剣持とともにパトカーに乗りこんだ。米軍がだしてきたタイムリミットまで四十時間を切っていた。

15

グレアムのいう、「ナイトメアどうしの感知」がどのようなものであるか、牧原には想像もつかなかった。ナイトメアへの変態がはたして自分の体内でおこるかどうかもわからない。

倉沢洋一を捜す作業は遅々として進まなかった。期限は刻々と迫っている。牧原は剣持とともに乗りこんだパトカーで歌舞伎町一帯を走りまわった。牧原もいらだっていた。ナイトメア本人にはいったいど見当もつかない「感知」に、のような変化がおこるのか、具体的なことはグレアムにすらわからないのだ。それについて何かを教えられる人間がいるとすれば、あけみしかいないのだった。

夜がきた。パトカーは、これでいくどめか、新宿通りに沿って、大ガードをくぐった。西新宿との境だ。

剣持とともに後部席にすわっていた牧原は不意に体を折った。

「どうした⁉」

焦燥を顔に表し、窓を見つめていた剣持が訊《たず》ねた。

「わからん。だが……」

激しい頭痛が牧原を襲ったのだ。まるで頭の中にネットをかけられ、脳を絞りあげられているような激痛だった。

「脳をワシづかみにされているようだ」

「『感知』したのか」

「かもしれん……。そのまま走ってみてくれ……」

そこは都庁を囲むようにしてホテルが建ち並ぶ超高層ビル街だった。

「妙だな。昼間だって、ここはいくども走っている」

剣持はつぶやいた。

「ああ」

牧原は額をおさえ、深呼吸した。頭痛は、極端な苦しみを伴う第一波が遠ざかり、今度は脳全体をひっぱられるような奇妙な不快感にかわっていた。

「待った、止まれ！」

牧原は不意に叫んだ。脳をひっこ抜かれるような激しい〝引力〟を感じたからだった。

パトカーは急停止した。

牧原はシートの背につかまりながら、顔を上げた。最近オープンしたばかりの超高層ホテル「リージェンシー・プラザ」だった。

「ここだ」

牧原はいった。

「本当か」

「まちがいない」

〝信号〟は、はっきりと伝わっていた。それはときに引力であり、ときに反発力でもあった。牧原はパトカーを降り、ドアにもたれかかった。深呼吸して、ホテル全体を見上げる。

何百と並んだ窓のひとつから、激しい〝力〟が放射され、牧原の脳ははっきりとそれを「感知」していた。

牧原は剣持とともに、エントランスの階段をのぼった。回転扉をくぐり、シャンデリアが吊《つ》るされたロビーに入った。

〝力〟はますます強くなった。

剣持はフロントに歩みよっていくと、借り物の警察手帳を提示し、倉沢の写真を見せた。

牧原は〝力〟の激しさに、立っていることもおぼつかず、ロビーにおかれたソファに腰をおろした。

煙草をふるえる手で抜きだした。初めて味わう感覚だった。強い不快感が胸のうちでうずまいている。それは純粋に生理的な不快感と、これから自分の肉体がどうなっていくのかわからないことへの不安が入り混じったものだった。

と同時に、〝力〟は、牧原にただひとつのことを強く要求していた。その要求とは「一体化」だった。〝力〟は牧原に、「会いにこい」「ここにこい」と激しく呼びかけている。すなわち、〝力〟の根源である倉沢は、牧原の存在を知っているのだ。

それは当然といえば当然だった。牧原が〝感じる〟のと同じように、倉沢も〝感じ〟ている筈《はず》なのだ。

にもかかわらず、放射される〝力〟の圧倒的な強さに、牧原は打ちひしがれていた。〝力〟が、ナイトメアとしての攻撃力そのものならば、倉沢の強さは、牧原のそれをはるかに上回っていた。

剣持が牧原のところに戻ってきた。

「大丈夫か」

「大丈夫だ。で？」

牧原は剣持の腕をふりはらうようにいった。

「奴はここにいる。今日の昼前にチェックインしたそうだ。宇野先生もいっしょだ。四十一階のツインルームだ」

「くそ。なぜ今までわからなかったんだ」

牧原は一服か二服しただけの煙草を灰皿に押しつけ、いった。この西新宿のホテル街は、昼間も何度か走っている。にもかかわらず、頭痛はやってこなかった。

「とにかく部下を集める」

「待て」

牧原は剣持を呼び止めた。

「最初は俺《おれ》ひとりだ」

「牧原──」

「いいな。俺ひとりでいく。奴は俺を呼んでいる」

剣持はその言葉に眉《まゆ》をひそめた。

「呼んでいる?」

「そうだ」

「顔色がまっ青だぞ」

「気にするな。ひょっとしたら俺も化け物にかわるのかもしれん。だからひとりでいかせてくれ」

牧原は低い声でいった。剣持は迷ったように牧原を見つめていたが、答えた。

「わかった。準備に時間をくれ」

捕獲部隊が静かに集結した。隊員の誘導で、四十一階の客はただちに避難させられる。

リージェンシー・プラザのロビーは瞬くまに制服姿の自衛隊員で埋まり、ものものしい雰囲気が漂った。

「最小限の人員を四十一階まであげたら、エレベータの運行を停止しろ」

剣持は部下に命じた。やがて、すわりこんでいた牧原のもとにきた。

「準備ができた」

「よし、いこう」

牧原はふらつく足を踏みしめ、立ちあがった。

「本当に大丈夫か」

「大丈夫さ」

牧原は剣持と部下とともにエレベータに乗りこんだ。

四十一階に到着した。自衛隊員が剣持の指示をうけ、無言のうちに散開した。

静まりかえった廊下を牧原は進んでいった。部屋の前まできた。

牧原はドアをノックした。

「はい」

ルームサービスのワゴンが部屋のドアのかたわらにあった。倉沢は一歩も部屋をでることなく過ごしていたようだ。

「牧原だ。開けろ」

ドアロックの外れる音がした。

「どうぞ」

落ちついた声が聞こえた。牧原はゆっくりとドアを押した。頭痛はもはや耐えがたいほど鋭くなりつつあった。

部屋の中は暗闇《くらやみ》だった。カーテンが閉ざされている。が、牧原ははっきりと室内を見てとることができた。

手前にふたつのベッドがあり、ひとつに横たわった人影があった。そして窓ぎわの椅子に、足を組んだ倉沢が腰をかけていた。

「先生がこの頭痛の正体だったんですか」

倉沢はほっと息を吐いていった。牧原はうしろ手にドアを閉じた。ベッドに横たわっているのはあけみだった。

「お前が俺を呼んだんだ」

牧原はいった。

「ええ」

倉沢は淡々と頷《うなず》いた。

「驚きました。もう、俺の他には誰もいないと思っていたので」

「昼間、俺が頭痛を感じなかったのはなぜだ？」

「さあ……。ひょっとしたら俺が眠っていたからかもしれませんね」

「新宿にきた理由は何だったんだ？」

「もうひとりの彼に会いたかった。ひょっとしたら、仲間になれるかもしれないと思ったんです。けれど駄目だった」

倉沢は悲しげに首をふった。ひどく大人びて見えた。

牧原はあけみを見やった。

「彼女をどうした？」

「ご自分がもってらした薬で眠っていただきました。ついさっきね。新しい仲間が近くにいることがわかったので」

「なぜ連れて逃げた？」

「彼女がいっしょにきたがったのです。俺も彼女からいろいろな情報を必要としていた」

「彼女を抱いたのか」

牧原は訊《たず》ねた。倉沢は驚いたように目をみひらいた。

あれだけの血を見て、あけみが反応しない筈《はず》はなかった。

「――それが先生に何の関係があるんです」

牧原は息を吐いた。抱いたとしても、それで妊娠するとは限らない。していたとすれば、それはそのときのことだ。

「坂本はどこだ」

「もう日本にはいません。俺の提供した情報をリポートするために成田を発ちました」

「知っていたんだな。坂本の正体を」

「ええ、先生よりずっと前にね。俺は東河台に先生より長くいるんです」

倉沢は落ちついていた。牧原はゆっくり息を吸いこんだ。

「じゃあ、今の自分のことも充分わかっているというわけだ」

「そう」

「で、どうするんだ？　これから」

「とりあえず自由のままでいたい」

「そいつは難しい。あと二十何時間かすると、米軍の手で戦術核が、この東京にぶちこまれるんだ」

「たった一匹のナイトメアを殺すために？」

「そういうことだ」

倉沢は肩をすくめた。

「先生はどうするんです？」

牧原も肩をすくめた。

「なるようにしかならん。逃げ回ったところで、いずれまた俺のような奴がつかまえにくるさ」

「新しい自分を試してみたいとは思わないんですか」

「平和な街で何の役に立つんだ？　この体が――」

「だったら戦場にいけばいい。俺はもう飽き飽きしてるんです。このぬるま湯みたいな日常に――」

「そいつは考えちがいだ。本当の戦争を経験すれば、自分がまちがっていたってことがわかる」

「まるでさんざん本当の戦争を経験したような口ぶりですね」

「坂本から聞かなかったのか」

「何を？」

「俺は自衛隊の技術顧問なのさ。元は外人部隊にいて、それからS・A・Sにひきぬかれた。本当の戦争が俺の商売だった」

「だったらなおさらいい。先生、俺をパートナーにして下さい」

倉沢が体を起こした。牧原は首をふった。

「そいつはできない。俺は引退することにしたんだ。もう殺しあいには飽きたんだよ」

倉沢がゆっくりと息を吸いこんだ。牧原は話しあいのときが終わったことを察した。牧原の本能は、倉沢のナイトメアへの変態が近づいていることを告げていた。

「だったら――」

倉沢は黙った。牧原は頷《うなず》いた。

「俺を殺さない限り、ここをでてはいけない」

瞬時に体が変態した。かつて見たことのない早さだった。全身に剛毛が密生し、両腕と両脚が倍近くの太さにふくれあがる。

その腕がするするとのびて、牧原の喉《のど》をつかんだ。すさまじい力で絞めあげてくる。

牧原はその腕に両手をかけた。渾身《こんしん》の力をつかってひきはがした。『ナイトメア100』は牧原の体にも爆発的な量の筋力を与えていた。

倉沢は自分の腕がひきはがされていくさまを脅威の表情で見つめた。

「お前は俺には勝てない」

牧原はいった。発音が変だった。自分の肉体が変化しつつあることに、牧原も気づいていた。

不意に倉沢は牧原の腕をふりほどくと、背後の窓に身を躍らせた。ぶ厚いガラス窓が砕け散り、倉沢の体は地上四十一階の宙空にとびだした。

と見えたが、実際は両手両脚の先をかぎ爪《づめ》にして窓枠にかけ、体だけを窓の外にだしていたのだ。突風が破れた窓から流れこんだ。

「驚くなよ」

倉沢であったものがいった。その背中が盛りあがった。灰色を帯びた透明の膜が、割れた背中から出現した。初めはしぼんだ膜のかたまりであったのが、じょじょに生気を得て、ぴんと広がっていき、二枚の羽になった。

「逃げられんぞ、どこにも」

牧原は右手を延ばした。ナイトメアは窓枠を蹴《け》って飛びたとうとしていた。

牧原の右手がムチのようにしなった。細く薄く掌が変化していた。

そこを放たれた『ウェイカー』の矢が倉沢の胸に吸いこまれた。

倉沢は呆然《ぼうぜん》としたように胸につき立ったダーツを見つめた。シュッという音とともに、薬液が体内に注ぎこまれた。

それでもナイトメアは窓枠を蹴った。

新宿の夜空に黒いかたまりが舞いあがった。羽の大きさは、両翼の端から端をあわせると三メートルにも達そうというほどだった。

牧原は突風に逆らい、窓枠に歩みよった。

ばさっばさっと羽音が聞こえた。

勝ち誇るようにナイトメアは、高層ビル群の上空をはばたいている。凶々しい墓標のような東京都庁とその姿が重なった。

牧原はゆっくりとカウントダウンをしながらその姿を見つめた。

倉沢が変態したナイトメアは、太古の人々が見たならば、「悪魔」としか形容のしようのない姿をしていた。

十三秒が経過した。何事もないかのようにナイトメアは上昇をつづけていく。月にその姿が浮かぶ。

そして突然、人間の喉から発せられたとは思えない悲鳴が新宿の夜気をつんざいた。

次の瞬間ナイトメアは、まるで石のように地上めがけて落下を開始した。悲鳴は長く尾をひき、そして地面に叩きつけられる大きな響きとともに、ぷつっと途切れた。

ウッズ大佐及び、その陰謀に加担したアメリカ陸軍情報部所属の将校に対する軍法会議は、それからひと月と待たずに開かれた。

それと呼応するように、B・S・Lのジュネーブ本部が、ゾレゴン社の開発した「兵員改造用生物兵器『ナイトメア90』の全貌《ぜんぼう》」と称するリポートを世界じゅうの新聞、テレビ局、通信社に送りつけ、マスコミの世界は騒然となった。

日米政府双方は、公式には『ナイトメア90』が日本にもちこまれた事実はない、と否定した。国会でも再三質疑がおこなわれ、野党の一部が、事件に関与したといわれる自衛隊幕僚情報部の剣持一佐、大脳生理学者グレアム博士などの証人喚問を要求したが、与党によって拒否された。

一部の週刊誌などは、事件の舞台となった東河台高校、ならびに渋谷周辺で遊ぶ若者たちへの執拗《しつよう》な取材をおこない、二名の生徒の不審死と、転任後数日で退職した体育科の教師の存在をつきとめた。

が生徒の遺族は取材を拒否、また体育科教師の牧原某については、姓名を含めるすべての資料が実在する日本国籍所有者には該当しない事実をつきとめたに終わった。

それから数週間後、ある週刊誌が、防衛庁匿名幹部からのリーク情報として、

「『ナイトメア90』は日本にもちこまれていた。その結果、ナイトメアも何体かが出現したが、すべて肉体機能が維持できず衰弱死を遂げた」

という記事を掲載した。また別の週刊誌では、国立大学の大脳生理学の教授が、『ナイトメア90』の効能をまっこうから否定する論評を発表し、「すべてはB・S・Lによる作り物」と断定した。

エピローグ

ガラスとコンクリートの壁でおおわれた部屋の中央に固定された椅子《いす》に腰かけていた男は、ゆっくりとしゃべっていた。

「とにかく、俺《おれ》が変態をとげたのは、リージェンシープラザホテルの部屋での一回きりで、それ以降は一度もおこっちゃいない。たぶん、あのときは別のナイトメアがその場にいたせいで、極端に脳のどこかが刺激されたのだろうな」

「その瞬間、君はどう感じていた？」

「どう？　必要に応じて、という奴だ。それにひどい頭痛もあった。今は――もう何も感じない。あるのはさっきいった通り、心の痛みという奴だけだ」

スピーカーから流れる声に、男はそう答えた。

「君が今後、二度とナイトメアに変身しない、という確信が我々は欲しい。それさえ得られれば、いつでも君は自由だ」

スピーカーはいった。

「確信？」

男は唇をゆがめた。

「そいつは俺の問題じゃなく、あんたたちの問題だ。俺の心は平穏を求めている。静かに暮らしたいだけだ。だからいつでも俺を自由にしてくれていい。問題はあんたたちさ。人間てのは愚かな生き物なんだ。またいつ、同じ失敗をしでかさないとも限らない。俺の心配の種を話してやろうか。それは、そのときになってまた、あんたたちのうちの誰かが俺を捜しにくるのじゃないかってことさ。どうだい？　そうは、あんた、思わないか？」

解説「黙示録的ゴシック・アクション小説」

風間賢二

あーあ、おもしろかった。

これがぼくの本書に関する率直な読後感。

このほかに、いったい何を言えばいいのだろう。

本書は数時間というもの、我が極貧文筆業の将来のことも、妻と四人の子供を扶養家族として抱える我が家庭のことも、そして本解説を含むいくつかのとうに過ぎている原稿の締切りのことも、つまりは、浮世の様々なしがらみや苦しみをしばしのあいだ忘れさせてくれる、超一級の娯楽作品であるということを述べれば、それで充分ではないか。

本書はぜったいにおもしろい。嘘《うそ》だと思うなら、ぼくの駄文から目を離して、今すぐ本文を読みはじめるがいい。抜群のストーリーテリングの妙技に乗せられて、ラストまで一気読みさせられてしまうこと請け合い。文字通りのローラーコースター本だ！

以上、解説終わり。


と書いて済ますわけにはいかないところが解説者の辛《つら》いところ。などと言いながら、実は、ぼくがこの解説を書くにあたって、辛い理由はもうひとつある。

恥を忍んで打ち明けるが、ぼくは、作者の大沢在昌氏の作品をこれまで一冊も読んだことがないのだ。

それを言うのなら、今日の日本ミステリー作家の作品はほとんど手にしたことがない。ぼくの国産ミステリーの知識は、江戸川乱歩を筆頭とした「新青年」の作家たち——夢野久作や小栗虫太郎、久生十蘭、橘外男、渡辺啓助など——どまりなのである。

もちろん、大沢在昌氏が『新宿鮫 無間人形』で直木賞を受賞した、ハードボイルド系の作家であるということぐらいは知っている。ただし、その超有名な警察小説『新宿鮫』シリーズさえ手にしたことがない。

したがって、大沢氏の他の何十冊とある著作と関連づけて本書を論じることは、今のぼくにはできない相談というもの。

では、なぜ、現代日本推理小説の事情に疎いぼくが本書の解説を引き受けたのか。答えは単純。実は、本書はホラーなのである。

どうだ、驚いたか、『新宿鮫』の作家がホラーを書いてるんだぜ！ と言いたいところだが、なんと、大沢在昌ファンならご承知のように、氏にはすでに『暗黒旅人』という、ハードボイルド・タッチの立派な伝奇ホラーがある。失礼しました。そのことも知りませんでした。

となると、本書は、直木賞を受賞した推理作家の長編モダンホラー第二弾！ ということになる（たぶん）。

物語は、プロローグを経て、渋谷のクラブでのサブマシンガンによる惨殺事件で幕を開ける。犯人は東洋人ふたりと西欧人（白人と黒人）ふたりの四人組。彼らの目的は、そのクラブに来ていた売人から新種のドラッグを取り戻すことだった。だが、なぜ四人組は、何人もの他の客を巻きぞえに殺してまで、そのドラッグを奪取しなければならなかったのか？

十一名の死傷者を出す原因となったドラッグ――『ナイトメア90』は、米軍が密かに研究していた生物兵器（バイオウェポン）だった。このドラッグを服用することによって、遺伝子の情報を体内で操作する――大脳を刺激することで人間の眠っている太古の遺伝子を目覚めさせることができるのである。ようするに、それを呑《の》むと、人間は生きた殺戮《さつりく》マシーン、いや恐怖の怪物と化すのだ。ただし、このドラッグは未完成品。まだ、動物実験の段階だった。実際に人間が呑んだら、いったいどのようなことになるのか？

その問題のドラッグが、狂信的環境保護団体の過激派に盗まれ、日本に持ち込まれたのである。そのうちの十個が民間人の手にわたり、どうやらクラブに来ていた若者たちに売られてしまったらしい。その数は五個。つまり、五人の若者たちが、いつ化け物になって大殺戮を行うのかわからない状況。

対応に苦慮した日米の軍当局は、フリーランスの軍事顧問である牧原に事態を隠密裡《おんみつり》に収拾することを依頼。そして、大惨事の起きたクラブに渋谷のある私立高校の生徒が出入りしていたことをキャッチした軍当局は、牧原をその私立高校の体育教師として潜入させる。かくて牧原は、誰が『ナイトメア90』を買ったのかつきとめるために、高校教師になりすまし、生徒たちに接近する。だが、彼の行く手には、ドラッグの売人と関係のあるヤクザや過激派の殺し屋、そして筆舌に尽くし難い化け物が待ち受けていた！

本書について、作者は次のように述べている。

「B級のSFアクションや、ホラーアクションに目がない。〝いい者〟と〝悪い者〟がはっきりしていて、安心して楽しめるような作品だ。映画でもコミックでも、小説でも。

この作品も、そういうものにしたかった。

雨降りの休日や、どこかにでかける列車の中で、暇つぶしに、のんびりと楽しんでいただきたい」

まさにそのとおり。本書は、掛け値なしに上質の〝B級のSFアクション、ホラーアクション〟小説である。映画『ターミネーター』や『エイリアン』、『スピーシーズ』が好きな読者なら、本書のスピーディかつ戦慄《せんりつ》もんのストーリー展開に大満足することまちがいなし。あるいは、菊地秀行や夢枕獏の伝奇ヴァイオレンス・アクション・ホラーの愛読者にも、ぜひとも一読を薦《すす》めたい作品である。

ところで、本書をモダンホラーの数あるサブジャンルに分類すれば、バイオテクノロジー・ホラーという分野に入れることができる。

このバイオ・ホラー、昨今では瀬名秀明の『パラサイト・イヴ』や鈴木光司の『らせん』などのベストセラー作品でおなじみとなったが、本書はそれらの長編に先立つこと二年前に「月刊ドンドン」（九三年一月号—九四年六月号）誌上に『悪夢まで十三秒』というタイトルで連載されている。我が国で遺伝子操作をテーマにしたホラーとしては、梅原克文の『二十螺旋《らせん》の悪魔』とともにパイオニア的な作品ではないだろうか。

海外の作品で、遺伝子操作の恐怖を扱ったアクション・ホラーと言えば、すぐに思い浮かぶのがディーン・R・クーンツの傑作『戦慄のシャドウファイア』である。新しいところでは、映画にもなったダグラス・プレストン&リンカーン・チャイルドの『レリック』、あるいはスリラーでは、リドリー・ピアスンの『螺旋上の殺意』なんてのもある。

遺伝子操作にこだわらず、広い意味でのバイオ・ホラーということであれば、その鼻祖は、なんと言っても、メアリ・シェリーの不朽の名作『フランケンシュタイン』（一八一八年）である（我が国では、海野十三の『蠅男』）。

だがしかし、本格的なバイオ・ホラーとなると、あらゆる分野のサイエンスが台頭してきた一九世紀後半に始まるといってよい。とりわけ、その背後には、進化論（ダーウィンニズム）と退化論（エントロピー論）、そして犯罪人類学と深層心理学、およびセクソロジーの影響が強い。具体的な作品名をあげれば、スティーヴンスンの『ジキル博士とハイド氏』（一八八六年）やウエルズの『モロー博士の島』（一八九六年）だ。

ようするに、それまで確固として揺るぎのなかった人間のアイデンティティが新しい数々のサイエンスが提唱した知のパラダイムの変換によって崩壊してしまったのだ。先に進化論を筆頭にあげたそれぞれのサイエンスが主張していることは、人間とは不確定で多義的、不統一、安定を欠く未完成の存在であるということ。

そうした言説によって不安に陥った人々の悪夢を見事に表象してのけた怪奇小説がアーサー・マッケンの中編『パンの大神』（一八九〇年）である。この汚穢《おわい》と禁忌《きんき》とに満ちた作品では、人の肉体は溶けながら、女性から男性へ、人間から獣へ、そして獣よりさらに語る言葉もないほど醜怪なものへと変化していく様が語られている。

なるほど、人間が化け物に変身するのを指して、人間には〝内なる悪・未知なる野獣〟が潜んでいると言うこともできるが、事はそれだけではない。モンスターに変身という現象は、今や人間の主体が壊滅しているという事実を表象しているのだ。自己のアイデンティティなどといった呑気《のんき》なことではなく、人間そのもののアイデンティティが消滅してしまったのだ。神は死して久しいが、今や〝人間の終焉《しゅうえん》〟が問題なのである。

つまり、〝バイオ・ホラーのバックグラウンドには、たえず黙示録的ゴシックの要素が含まれている。本書もまたしかり。そのことは、ラストまで物語を読んでもらえばわかってもらえるはず。

たしかに、事件は一応の決着を見る。そのかわりに、本当の悪夢が始まったという感慨を抱くのは、ぼくひとりではないだろう。作者は本書の続編を執筆する気はないのだろうか？　可能であれば、ぜひともそうしてもらいたい。

主人公の軍事顧問、牧原が活躍する新たな話を読みたい。なにしろ、この牧原という男、めっぽう強くてカッコイイのだ。しかし、彼が登場する続編が書かれるとしたら、それこそ「怪獣大戦争」のような内容になってしまうかも。

あっ、これってネタばらし？

本書は、一九九四年九月に有楽出版社（発売・実業之日本社）より新書として、一九九七年十一月に小社より文庫として刊行された作品の新装版です。

悪《あく》夢《む》狩《が》り
新装版《しんそうばん》
大沢《おおさわ》在昌《ありまさ》

令和元年 6月25日　初版発行
令和7年 2月20日　6版発行

発行者●山下直久

発行●株式会社KADOKAWA
〒102-8177　東京都千代田区富士見2-13-3
電話　0570-002-301(ナビダイヤル)

角川文庫 21663

印刷所●株式会社KADOKAWA
製本所●株式会社KADOKAWA

表紙画●和田三造

●お問い合わせ
https://www.kadokawa.co.jp/（「お問い合わせ」へお進みください）
※内容によっては、お答えできない場合があります。
※サポートは日本国内のみとさせていただきます。
※Japanese text only

ISBN 978-4-04-107754-2　C0193

角川文庫発刊に際して

角川源義

第二次世界大戦の敗北は、軍事力の敗北であった以上に、私たちの若い文化力の敗退であった。私たちの文化が戦争に対して如何に無力であり、単なるあだ花に過ぎなかったかを、私たちは身を以て体験し痛感した。西洋近代文化の摂取にとって、明治以後八十年の歳月は決して短かすぎたとは言えない。にもかかわらず、近代文化の伝統を確立し、自由な批判と柔軟な良識に富む文化層として自らを形成することに私たちは失敗して来た。そしてこれは、各層への文化の普及滲透を任務とする出版人の責任でもあった。

一九四五年以来、私たちは再び振出しに戻り、第一歩から踏み出すことを余儀なくされた。これは大きな不幸ではあるが、反面、これまでの混沌・未熟・歪曲の中にあった我が国の文化に秩序と確たる基礎を齎らすためには絶好の機会でもある。角川書店は、このような祖国の文化的危機にあたり、微力をも顧みず再建の礎石たるべき抱負と決意とをもって出発したが、ここに創立以来の念願を果すべく角川文庫を発刊する。これまで刊行されたあらゆる全集叢書文庫類の長所と短所とを検討し、古今東西の不朽の典籍を、良心的編集のもとに、廉価に、そして書架にふさわしい美本として、多くのひとびとに提供しようとする。しかし私たちは徒らに百科全書的な知識のジレッタントを作ることを目的とせず、あくまで祖国の文化に秩序と再建への道を示し、この文庫を角川書店の栄ある事業として、今後永久に継続発展せしめ、学芸と教養との殿堂として大成せんことを期したい。多くの読書子の愛情ある忠言と支持とによって、この希望と抱負とを完遂せしめられんことを願う。

一九四九年五月三日

角川文庫ベストセラー

感傷の街角　大沢在昌

早川法律事務所に所属する失踪人調査のプロ佐久間公がボトル一本の報酬で引き受けた仕事は、かつて横浜で遊んでいた〝元少女〟を捜すことだった。著者23歳のデビューを飾った、青春ハードボイルド。

漂泊の街角　大沢在昌

佐久間公は芸能プロからの依頼で、失踪した17歳の新人タレントを追ううち、一匹狼のもめごと処理屋・岡江から奇妙な警告を受ける。大沢作品のなかでも屈指の人気を誇る佐久間公シリーズ第2弾。

追跡者の血統　大沢在昌

六本木の帝王の異名を持つ悪友沢辺が、突然失跡した。沢辺の妹から依頼を受けた佐久間公は、彼の不可解な行動に疑問を持ちつつ、プロのプライドをかけて解明を急ぐ。佐久間公シリーズ初の長編小説。

天使の牙 (上)(下)　大沢在昌

新型麻薬の元締め〈クライン〉の独裁者の愛人はつみが警察に保護を求めてきた。護衛を任された女刑事・明日香ははつみと接触するが、銃撃を受け瀕死の重体に。そのとき奇跡は二人を〝アスカ〟に変えた！

天使の爪 (上)(下)　大沢在昌

麻薬密売組織「クライン」のボス、君国の愛人の体に脳を移植された女刑事・アスカ。かつて刑事として活躍した過去を捨て、麻薬取締官として活躍するアスカの前に、もう一人の脳移植者が敵として立ちはだかる。

角川文庫ベストセラー

深夜曲馬団《ミッドナイトサーカス》　大沢在昌

フォトライター沢原は、狙うべき像を求めてやみくもに街を彷徨った。初めてその男と対峙した時、直感した……〝こいつだ〟と。「鏡の顔」の他、四編を収録。日本冒険小説協会最優秀短編賞受賞作品集。

シャドウゲーム　大沢在昌

シンガーの優美は、首都高で死亡した恋人の遺品の中から〈シャドウゲーム〉という楽譜を発見した。事故から恋人の足跡を遡りはじめた優美は、彼に楽譜を渡した人物もまた謎の死を遂げていたことを知る。

六本木を1ダース　大沢在昌

日曜日の深夜0時近く。人もまばらな六本木で私を呼び止めた女がいた。そして行きつけの店で酒を飲むうちに、どこかに置いてきた時間が苦く解きほぐされていく。六本木の夜から生まれた大人の恋愛小説集。

眠りの家　大沢在昌

学生時代からの友人潤木と吉沢は、千葉・外房で奇妙な円筒形の建物を発見し、釣人を装い調査を始めたが……表題作のほか、不朽の名作「ゆきどまりの女」を含む全六編を収録。短編ハードボイルドの金字塔。

一年分、冷えている　大沢在昌

人生には一杯の酒で語りつくせぬものなど何もない。それぞれの酒、それぞれの時間、そしてそれぞれの人生。街で、旅先で聞こえてくる大人の囁きをリリカルに綴ったとっておきの掌編小説集。

角川文庫ベストセラー

烙印の森　大沢在昌

ウォームハート　コールドボディ　大沢在昌

B・D・T［掟の街］　大沢在昌

未来形J　大沢在昌

秋に墓標を（上）（下）　大沢在昌

私は犯罪現場専門のカメラマン。特に殺人現場にこだわるのは、〝フクロウ〟と呼ばれる殺人者に会うためだ。その姿を見た生存者はいない。何者かの襲撃を受けた私は、本当の目的を果たすため、戦いに臨む。

ひき逃げに遭った長生太郎は死の淵から帰還した。実験台として全身の血液を新薬に置き換えられ「生きている死体」として蘇ったのだ。それでもなお、愛する女性を思う気持ちが太郎をさらなる危険に向かわせる。

不法滞在外国人問題が深刻化する近未来東京、急増する身寄りのない混血児「ホープレス・チャイルド」が犯罪者となり無法地帯となった街で、失跡人を捜す私立探偵ヨヨギ・ケンの前に巨大な敵が立ちはだかる！

その日、四人の人間がメッセージを受け取った。四人はイタズラかもしれないと思いながらも、指定された公園に集まった。そこでまた新たなメッセージが……差出人「J」とはいったい何者なのか？

都会のしがらみから離れ、海辺の街で愛犬と静かな生活を送っていた松原龍。ある日、龍は浜辺で一人の見知らぬ女と出会う。しかしこの出会いが、龍の静かな生活を激変させた……！

角川文庫ベストセラー

ブラックチェンバー　大沢在昌

命で払え　アルバイト・アイ　大沢在昌

毒を解け　アルバイト・アイ　大沢在昌

王女を守れ　アルバイト・アイ　大沢在昌

諜報街に挑め　アルバイト・アイ　大沢在昌

警視庁の河合は〈ブラックチェンバー〉と名乗る組織にスカウトされた。この組織は国際犯罪を取り締まり奪ったブラックマネーを資金源にしている。その河合たちの前に、人類を崩壊に導く犯罪計画が姿を現す。

冴木隆は適度な不良高校生。父親の涼介はずぼらで女好きの私立探偵で凄腕らしい。そんな父に頼まれて隆はアルバイト探偵として軍事機密を狙う美人局事件や戦後最大の強請屋の遺産を巡る誘拐事件に挑む！

「最強」の親子探偵、冴木隆と涼介親父が活躍する大人気シリーズ！　毒を盛られた涼介親父を救うべく、東京を駆ける隆。残された時間は48時間。調毒師はどこだ？　隆は涼介を救えるのか？

冴木涼介、隆の親子が今回受けたのは、東南アジアの島国ライールの17歳の王女の護衛。王位を巡り命を狙われる王女を守るべく二人はある作戦を立てるが、王女をさらわれてしまい…隆は王女を救えるのか？

冴木探偵事務所のアルバイト探偵、隆。車にはねられ気を失った隆は、気付くと見知らぬ町にいた。そこには会ったこともない母と妹まで…！　謎の殺人鬼が徘徊する不思議の町で、隆の決死の闘いが始まる！

角川文庫ベストセラー

誇りをとりもどせ
アルバイト・アイ
大沢在昌

莫大な価値を持つ「あるもの」を巡り、右翼の大物、ネオナチ、モサドの奪い合いが勃発。争いに巻き込まれた隆は拷問に屈し、仲間を危険にさらしてしまう。死の恐怖を越え、自分を取り戻すことはできるのか？

最終兵器を追え
アルバイト・アイ
大沢在昌

伝説の武器商人モーリスの最後の商品、小型核兵器が行方不明に。都心に隠されたという核爆弾を探すために駆り出された冴木探偵事務所の隆と涼介は、東京に裁きの火を下そうとするテロリストと対決する！

生贄のマチ
特殊捜査班カルテット
大沢在昌

家族を何者かに惨殺された過去を持つタケルは、クチナワと名乗る車椅子の警視正からある極秘のチームに誘われ、組織の謀略渦巻くイベントに潜入する。孤独な潜入捜査班の葛藤と成長を描く、エンタメ巨編！

解放者
特殊捜査班カルテット2
大沢在昌

特殊捜査班が訪れた薬物依存症患者更生施設が、何者かに襲撃された。一方、警視正クチナワは若者を集めたゲリライベント「解放区」と、破壊工作を繰り返す一団に目をつける。捜査のうちに見えてきた黒幕とは？

十字架の王女
特殊捜査班カルテット3
大沢在昌

国際的組織を率いる藤堂と、暴力組織〝本社〟の銃撃戦に巻きこまれ、消息を絶ったカスミ。助からなかったのか、父の下で犯罪者として生きると決めたのか。行方を追う捜査班は、ある議定書の存在に行き着く。

角川文庫ベストセラー

私の家では何も起こらない　恩田　陸

小さな丘の上に建つ二階建ての古い家。家に刻印された人々の記憶が奏でる不穏な物語の数々。キッチンで殺し合った姉妹、少女の傍らで自殺した殺人鬼の美少年……そして驚愕のラスト！

緑の家の女　逢坂　剛

ある女の調査を頼まれた岡坂神策。周辺を探っている最中、女の部屋で不可解な転落事故が！　逢坂剛の大人のサスペンス。「岡坂神策」シリーズ短編集（『ハポン追跡』）が改題され、装い新たに登場！

宝を探す女　逢坂　剛

岡坂神策は、ある晩ひったくりにあった女を助けるが、なぜかその女から幕末埋蔵金探しを持ちかけられる（表題作）。「岡坂神策」シリーズから、5編のサスペンス！『カプグラの悪夢』改題。

十字路に立つ女　逢坂　剛

岡坂の知人の娘に持ち込まれた不審な腎移植手術の話。古書街の強引な地上げ攻勢、過去に起きた婦女暴行殺人犯の脱走。そして美しいスペイン文学研究者との恋。錯綜する謎を追う、岡坂神策シリーズの傑作長編！

悪果　黒川博行

大阪府警今里署のマル暴担当刑事・堀内は、相棒の伊達とともに賭博の現場に突入。逮捕者の取調べから明らかになった金の流れをネタに客を強請り始める。かつてなくリアルに描かれる、警察小説の最高傑作！

角川文庫ベストセラー

夜明けの街で　東野圭吾

不倫する奴なんてバカだと思っていた。でもどうしようもない時もある――。建設会社に勤める渡部は、派遣社員の秋葉と不倫の恋に墜ちる。しかし、秋葉は誰にも明かせない事情を抱えていた……。

ナミヤ雑貨店の奇蹟　東野圭吾

あらゆる悩み相談に乗る不思議な雑貨店。そこに集う、人生最大の岐路に立った人たち。過去と現在を超えて温かな手紙交換がはじまる……張り巡らされた伏線が奇蹟のように繋がり合う、心ふるわす物語。

悪党　薬丸岳

元警官の探偵・佐伯は老夫婦から人捜しの依頼を受ける。息子を殺した男を捜し、彼を赦すべきかどうかの判断材料を見つけて欲しいという。佐伯は思い悩む。彼自身も姉を殺された犯罪被害者遺族だった……。

孤狼《ころう》の血　柚月裕子

広島県内の所轄署に配属された新人の日岡はマル暴刑事・大上とコンビを組み金融会社社員失踪事件を追う。やがて複雑に絡み合う陰謀が明らかになっていき……男たちの生き様を克明に描いた、圧巻の警察小説。

最後の証人　柚月裕子

弁護士・佐方貞人がホテル刺殺事件を担当することに。被告人の有罪が濃厚だと思われたが、佐方は事件の裏に隠された真相を手繰り寄せていく。やがて7年前に起きたある交通事故との関連が明らかになり……。